文学常识丛书

诗中鸟

翟民　主编

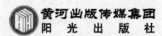
黄河出版传媒集团
阳光出版社

图书在版编目（CIP）数据

诗中鸟 / 翟民主编. —— 银川：阳光出版社，
2016.7（2020.12重印）
（文学常识丛书）
ISBN 978-7-5525-2823-7

Ⅰ.①诗… Ⅱ.①翟… Ⅲ.①古典诗歌－诗歌欣赏－
中国－青少年读物 Ⅳ.①I207.2-49

中国版本图书馆CIP数据核字(2016)第190142号

文学常识丛书　诗中鸟　　　　　　　　　　翟民　主编

责任编辑　贾　莉
封面设计　民谐文化
责任印制　岳建宁

黄河出版传媒集团
阳 光 出 版 社　出版发行

出 版 人　薛文斌
地　　址　宁夏银川市北京东路139号出版大厦（750001）
网　　址　http：//www.ygchbs.com
网上书店　http：//www.shop129132959.taobao.com
电子信箱　yangguangchubanshe@163.com
邮购电话　0951-5047283
经　　销　全国新华书店
印刷装订　河北燕龙印刷有限公司
印刷委托书号　（宁）0019164

开　　本　710 mm×1000 mm　1/16
印　　张　9.5
字　　数　114千字
版　　次　2016年11月第1版
印　　次　2021年1月第2次印刷
书　　号　ISBN 978-7-5525-2823-7
定　　价　28.50元

前　言

　　源远流长的中华五千年文化，滋养着生生不息的中华民族。那些饱含圣贤宗师心血的诗歌、散文，历经了发展和不断地丰富，融入了中华民族的血脉，铸就了中华民族的脊梁，毋庸置疑地成为宝贵的文化遗产、永恒的精神食粮、灿烂的智慧结晶。然而受课时篇幅所限，能够收入到中小学教科书的经典作品必定是极少数。为此，我们精心编辑了这一套集古代经典诗歌分类赏析、古代经典散文分类赏析为一体的《文学常识丛书》。

　　本套丛书包括：古代经典诗歌分类赏析共十册——《诗中水》《诗中情》《诗中花》《诗中鸟》《诗中雨》《诗中雪》《诗中山》《诗中日》《诗中月》《诗中酒》；古代经典散文分类赏析共十册——《物华风清》《人和政通》《诙谐闲趣》《情规义劝》《谈古喻今》《修身养性》《奇谋韬略》《群雄争锋》《逝者如斯》《天下为公》。

　　读古诗，我们会发现诗人都有这样一个特征——托物言志。如用"大鹏展翅""泰山绝顶"来抒发自己对远大抱负的追求，用"梅兰竹菊""苍松劲柏"来表达自己对崇高品格的追慕；用"青鸟红豆""鸿雁传书"寄托相思，用"阳关柳色""长亭古道"排解离愁，用"浮云"来感慨人生无常、天涯漂泊，用"流水"来喟叹时光易逝、岁月更替，用"子规"反映哀怨，用"明月"象征思念……总之，对这些本没有思想感情的自然物，古代诗人赋予它们以独特的寓意，使之成为古诗中绚丽多彩的意象。正是这些意象为古诗增添了无穷的魅力。

　　古典散文同样也散发着艺术的光辉，但更引人瞩目的是它所蕴含的思想精华,或纵论古今,或志异传奇,或微言大义,或以小见大,读后不禁让我们对古人睿智的思想和优美的文笔赞叹不已。

希望能通过这套丛书,使广大中学生对祖国光辉灿烂的文化遗产有一个更深刻的认识。

编者

目　录

作者简介

曹操(公元155年—220年),字孟德,杰出的政治家、军事家和文学家。沛国谯郡(今安徽亳县)人。年少机警,有权术,任侠放荡,不治行业。20岁举孝廉。在镇压黄巾起义的过程中,他发展了自己的势力,数年间,先后击败吕布、袁术、袁绍等豪强集团,征服乌桓,统一北方。建安二十一年(公元216年)封为魏王,四年后病死洛阳。其诗均古题乐府,气韵沉雄,古直悲凉。其文清峻通脱。今有《曹操集》传世。

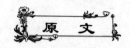

却东西门行

鸿雁出塞北,乃在无人乡。

举翅万里余,行止自成行。

冬节食南稻,春日复北翔。

田中有转蓬①,随风远飘扬。

长与故根绝,万岁不相当②。

奈何③此征夫,安得去四方④。

戎马不解鞍,铠甲不离傍。

冉冉⑤老将至,何时反故乡。

神龙藏深泉⑥,猛兽⑦步高冈。

狐死归首丘⑧,故乡安可忘⑨。

文学常识丛书

①转蓬:飞蓬,菊科植物,古诗中常以飞蓬比喻征夫游子背井离乡的漂泊生活。

②不相当:不相逢,指飞蓬与本根而言。

③奈何:如何,这里有"可叹""可怜"的意思。

④安得:怎能。去:离开,避免。其意思是,可叹这些征夫们,怎样才能免除这种四方漂泊的苦楚呢?

⑤冉冉：渐渐。

⑥深泉：应作"深渊"，唐人抄写古书时常把"渊"字改为"泉"，以避唐高祖李渊之讳。

⑦猛兽：应作"猛虎"，唐人为李渊之父李虎避讳，常把"虎"字改写作"猛兽"。

⑧狐死句：屈原《哀郢》中有"鸟飞反故乡兮，狐死必首丘"。首丘，头向着自己的窟穴。狐死首丘是古来的一种说法，用以比喻人不该。

⑨故乡安可忘：最后四句以龙、虎、狐的不离故地，不忘窟穴，来反比征夫们的流离辗转，有家不能归。

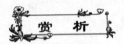

赏 析

曹操的诗歌，往往慷慨而多气，甚有风骨。他是历史上少有的有作为的人物，故其诗作也大开大阖、舒缓从容，表现出非凡的气度和胸襟。这首诗以沉郁悲凉之笔写征夫思乡之情，也显示了曹诗的这一特色。

诗的前六句采用比喻手法。一开头，诗人略微勾勒，便描写出了鸿雁的境遇及其春来冬去的候鸟特征。"塞北""无人乡"强调其孤寂寥落，"万里余"则突出路途之遥。鸿雁万里远征，与同类结伴而行，相濡以沫，处于寂寞凄凉的环境中；它们只能服从节令的安排，严冬则南飞而食稻，阳春则北翔而重回，其辛劳困苦不言而喻。"田中有转蓬"四句为第二层次，诗人没有像通常诗歌那样在比兴后立刻引入正题，而是再用一比兴手法，写蓬草随风飘荡，无所归止，当然也永远无法回归故土。"相当"意为与故根相遇。"鸿雁"与"转蓬"这两个艺术形象极不相同，鸿雁有信，依节侯岁岁而回；转蓬无节，随轻风飘荡不止。但是，它们本质上是一样的，都不得不转徙千里万里之外。诗歌写鸿雁举翅"万里"之外，其空间距离感鲜明突出；转蓬"万岁"不能归于故土,其时间漫长感异常强烈。而两者实是互文见义,路途遥、时间长,都是诗人所特别强调的。

在完成了连续的铺垫以后,诗歌第三层切入正题,仅以寥寥六句写征夫之状,却括尽他们艰险苦难生活的内容:一为出征之遥,远赴万里,镇守四方;二为出征之苦,马不解鞍,甲不离身;三为年岁飞逝,老之将至;四为故乡之思,返还无期,徒作渴念。这几方面有紧密关系,而思乡不得归是其关键。唯其愿望不能实现,其思乡之情也就日益加深。这一层将征夫的深愁苦恨,都在其对现实状况的叙述中宣泄出来。由于前两层中,诗人已经用比兴手法渲染了情结气氛,故这一层所表现的乡关之思显得极为真切和强烈,虽然没有一个愁、苦之类的主观色彩的词语,但本色之语,却更能收到动人心魄的效果。

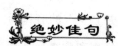

鸿雁出塞北,乃在无人乡。

举翅万里余,行止自成行。

作者简介

  曹植(公元 192 年—232 年),字子建,曹丕同母弟,曾封陈王,死梭谥思,故世称"陈思王"。年少聪敏,有才华,很受曹操宠爱,一度想立为太子。曹丕即位后,对他甚是猜忌,多方迫害,不得参预政事。最后郁郁而死,年仅 41 岁。曹植是建安时期成就最高的文学家,诗风华美,骨气奇高。散文和辞赋亦清丽流畅。今有《曹子建集》传世。

5

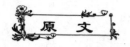

野田黄雀行

高树多悲风，海水扬其波①。

利剑不在掌，结交何须多？

不见篱间雀，见鹞②自投罗？

罗家见雀喜，少年见雀悲。

拔剑捎③罗网，黄雀得飞飞。

飞飞摩苍天，来下谢少年。

文学常识丛书

注　译

①树高二句：树高易摇，海水易起波涛，比喻有权势的人易于成事。

②鹞（yáo 要）：似鹰而小的一种猛禽。这句的意思是，黄雀为了躲避鹞子而未提防落在了罗网里。

③捎：削除，挑破。

赏　析

　　建安二十五年正月，曹操病故，曹丕继位魏王，改元延康。他掌权后，立即把曹植的"至交"丁仪、丁廙杀了。好友被杀，曹植却因争立失败而无力相救。《野田黄雀行》所抒写的，就是这样一种悲愤情绪。

全诗可分两段。前四句为一段。"高树多悲风,海水扬其波"两句以比兴发端,出语惊人。《易》曰:"挠万物者莫疾乎风。"(《说卦》)谚曰:"树大招风。"则高树之风,其摧折破坏之力可想而知。"风"前又着一"悲"字,更加强了这自然景观所具的主观感情色彩。大海无边,波涛山立,风吹浪涌,楫摧樯倾,它和首句所描绘的恶劣的自然环境,实际是现实政治气候的象征,曲折地反映了宦海的险恶风涛和政治上的挫折所引起的作者内心的悲愤与忧惧。正是在这样一种政治环境里,在这样一种心情支配下,作者痛定思痛,在百转千回之后,满怀悲愤喊出了"利剑不在掌,结交何须多"这一自身痛苦经历所得出的结论。没有权势便不必交友,这真是石破天惊之论!无论从传统的观念,无论从一般人的生活实际,都不能得出这样的结论来。儒家不是一向强调"有朋自远方来,不亦乐乎!"(《论语·学而》)强调"四海之内皆兄弟"(《论语·颜渊》)吗?从《诗经·伐木》的"嘤其鸣矣,求其友声"到今天民间流传的"在家靠父母,出门靠朋友",不都是强调朋友越多越好吗?然而,正是由于它的不合常情常理,反而有了更加强烈的震撼力量,更加深刻地反映了作者内心的悲愤。从曹集中《赠徐幹》"亲交义在敦"、《赠丁仪》"亲交义不薄"、《送应氏》"念我平生亲"、《箜篌引》"亲友从我游"等等诗句来看,作者是一个喜交游、重友情的人。这样一个风流倜傥的翩翩佳公子,如今却大声呼喊出与自己本性完全格格不入的话来,不但用以自警,而且用以告诫世人,则其内心的悲苦激烈正是不言可知!

"不见篱间雀"以下为全诗第二段。无权无势就不必交友,这当然不是作者内心的真实思想,而是在特殊情况下所发出的悲愤至极的牢骚。这个观点既无法被读者接受,作者也无法引经据典加以论证。因此他采用寓言手法,用"不见"二字引出了持剑少年救雀的故事。这个故事从表面看,是从反面来论证"利剑不在掌,结友何须多"这一不易为人接受的观点,而实际上却是紧承上段,进一步抒写自己内心的悲愤情绪。

曹植诗歌的特点,钟嵘《诗品》的"骨气奇高,辞采华茂"八个字最为确评,也最常为人引用。但就这首《野田黄雀行》而言,"骨气"(思想内容)确实是高的,而辞采却说不上"华茂"。从总体上看,这首诗更具有汉乐府民歌的质朴风味。

不见篱间雀,见鹞自投罗?

罗家见雀喜,少年见雀悲。

作者简介

　　阮籍(公元 210 年—263 年),字嗣宗,陈留尉氏(今河南省尉氏县)人,建安作家阮瑀之子。好学博览,尤慕老、庄。他反对名教,向注自然,旷达不拘礼俗。他对于新起的司马氏政权不愿合作,故而纵酒谈玄,不问世事,作消极的反抗。他在文学上受屈原的影响较多。《咏怀诗》八十余首,感慨极深,格调高浑,使他成为正始时代最重要的诗人。

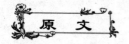

咏怀八十二首(其三)①

夜中不能寐,起坐弹鸣琴。

薄帷②鉴明月,清风吹我襟。

孤鸿号外野,翔鸟③鸣北林。

徘徊将何见? 忧思独伤心④。

文学常识丛书

①咏怀诗:是阮籍生平诗作的总题,不是一时所作。大多写生活的感慨,不外说人生祸福无常,年寿有限,要求超脱利禄的圈子,放怀远大。也有对当时政治的刺讥,但写得很隐晦。

②薄帷:照。这句是说月光照于薄帷。

③翔鸟:飞翔盘旋着的鸟。鸟在夜里飞翔正因为月明。

④比句指人也兼指鸟,孤鸿、翔鸟和人一样都是在不寐而徘徊,这时会看到些什么呢,一切都是叫人忧伤的景象。

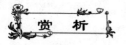

这是阮籍八十二首五言《咏怀诗》中的第一首。诗歌表达了诗人内心愤懑、悲凉、落寞、忧虑等复杂的感情。不过,尽管诗人发出"忧思独伤心"

的长叹,却始终没有把"忧思"直接说破,而是"直举情形色相以示人",将内心的情绪含蕴在形象的描写中。

冷月清风、旷野孤鸿、深夜不眠的弹琴者,将无形的"忧思"化为直观的形象,犹如在人的眼前耳畔。读者可从诗中所展示的"情形色相"中感受到诗人幽寂孤愤的心境。但是那股"忧思"仅仅是一种情绪、一种体验、一种感受,人们可以领略到其中蕴涵的孤独、悲苦之味,却难以把握其具体的内容。

"言在耳目之内,情寄八荒之外",即是此诗显著的特点。这首诗采用动静相形的手法,取得了独特的艺术效果。"起坐弹鸣琴"是动;清风吹拂,月光徜徉,也是动。前者是人的动,后者是物的动,都示意著诗人内心的焦躁。然而,这里的动是似如磐夜色为背景的。动,更衬出了夜的死寂,夜的深重。这茫茫夜色笼罩着一切,象征着政治形势的险恶和诗人心灵上承受着的重压。这首诗言近旨远,寄托幽深,耐人寻味。

11

孤鸿号外野,翔鸟鸣北林。

作者简介

左思(公元? 年—306 年)字太冲,齐国临淄人。生年不详,约卒于晋光熙中。少学钟、胡书及鼓琴,后均不成。后为父言所激,遂发愤勤学,兼善阴阳之术。貌寝口呐,而辞藻壮丽。不好交游,惟事闲居。尝造《齐都赋》,一年乃成。又欲作《三都赋》值妹芬入宫,移家京师,乃诣著作郎张载,问岷、邛之事,遂构思十年。门庭藩溷,皆置纸笔,遇得一句,即便书写。自以所见不敷,求为秘书。及赋成,自谓不谢班、张,以人废言,乃请皇甫谧为序,张载、刘逵为注。由是豪贵之见,竞相传抄,洛阳之纸贵。初,陆机入洛,欲为此赋,及闻思在作,笑以为当覆酒瓮。及思赋出,叹绝以为不及,遂辍笔。后、命为记室督,辞疾不就。及张方扰乱都邑,举家迁冀州。数年后,以疾终。思著有文集二卷,(《隋书经籍志》)传于世。

文学常识丛书

12

咏史八首其八

习习笼中鸟,举翮触四隅①。

落落穷巷士,抱影守空庐②。

出门无通路,枳棘塞中涂③。

计策弃不收④,块若枯池鱼⑤。

外望无寸禄,内顾无斗储⑥。

亲戚还相蔑,朋友日夜疏⑦。

苏秦北游说⑧,李斯西上书⑨。

俛仰生荣华,咄嗟复凋枯⑩。

饮河期满腹,贵足不愿馀⑪。

巢林栖一枝⑫,可为达士模⑬。

诗中鸟

13

①习习:屡飞的样子。翮(hé):鸟羽的茎。四隅:四角。这两句是说笼中鸟举翼就碰到笼子的四角,不能起飞。用来比喻穷巷之士。

②落落:和人疏远难合。穷巷士:居住在僻巷的贫士。抱影:形影相吊。守空庐:守着空房子。这句是说与人寡合之贫贱士,住在穷巷空室之中,对影独守。

③枳(zhì)棘:两种带刺的树。涂:犹途。枳棘塞涂:比喻仕途艰难。

④此句意为计策不被采用。

⑤块：独处的样子。枯池鱼：枯涸了的池中之鱼。这句是说自己块然独处像池水干枯了的鱼一样。

⑥寸禄：微薄的俸禄。斗储：一斗粮的蓄积。这句是形容家境的穷困。

⑦蔑：蔑视。疏：疏远。这两句是说受到亲戚的竞相蔑视和朋友们的一天天疏远。

⑧苏秦：战国时洛阳人，据《史记·苏秦列传》记载，他先游说秦惠王未被用，后又游说燕、赵等六国，联合抗秦，佩六国相印。后在齐国遇刺身死。燕、赵等国皆在北或东，这里概言之为"北游说"。

⑨李斯：战国时楚上蔡人，据《史记·李斯列传》记载，李斯西入秦说秦王，得为客卿。后来秦国的大臣建议秦王应逐一切客卿，李斯上书申辩，秦王遂罢逐客的命令。即所谓"西上书"。秦统一之后，以李斯为丞相。秦二世时被杀。

⑩俛仰：低头仰头。俛仰之间：形容时间很短。咄。邰嗟：都是忧叹之辞。这里也是形容时间短促，犹呼吸之间。凋枯：凋零枯萎。指苏秦、李斯的被杀害。这两句是说苏秦、李斯的尊荣和杀身都在刹那之间。

⑪"饮河"二句：用《庄子·逍遥游》中的典故："偃鼠饮河，不过满腹。"偃鼠，即田鼠。这两句说偃鼠喝河里的水，不过期望装满肚皮，贵在知足不愿有剩余。

⑫巢林栖一枝：也用《庄子·逍遥游》中的典故："鹪鹩巢于深林，不过一枝。"鹪鹩，是一种小鸟。这句是说鹪鹩在树林里作巢，不过占一个树枝。

⑬达士：旷达之士。模：榜样。这句是说旷达的人应该学习偃鼠、鹪鹩那样知足安分。

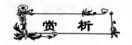

赏析

这首诗开头写诗人悲叹贫困和不遇，实际上其中包含了诗人对荣华富贵的向往。想到苏秦、李斯等人的遭遇，意识到追逐名位的危险，又对荣华富贵作了否定。最后归于老庄思想，愿意安于贫贱，做一个"达士"。诗的内容层层变化，表现得曲折而微妙。

左思《咏史》八首，借古人古事以咏怀，抒发了自己愤懑和不平的感情。在性质上，与阮籍《咏怀》诗、陶渊明《饮酒》诗颇为相类。钟嵘评其诗曰："文典以怨，颇为精切，得讽喻之致。"（《诗品》上）"典"，指借用史事。"怨"，指诗中所表现的不平之鸣。张玉谷说："太冲《咏史》，初非呆衍史事，特借史事以咏己之怀抱也。或先抒己意，而以史事证之；或先述史事，而以己意断之；或止述己意，而史事暗合；或止述史事，而己意默寓。"（《古诗赏析》卷十一）亦足见其表现之"精切"。《咏史》诗借古以讽今，所以说有"讽喻"的旨趣，所评十分恰当。但是，又说："虽野于陆机，而深于潘岳。"说左思诗比潘岳诗深沉，可以成立。而认为左思诗"野"，即质朴而少文采，值得商榷。陈祚明说："太冲一代伟人，胸次浩落，洒然流咏，似孟德而加以流丽，做子建而独能简贵，创成一体，垂式千秋。其雄在才，而其高在志，有其才而无其志，语必虚骄；有其志而无其才，音难顿挫，钟嵘以为'野于陆机'；悲哉，彼安知太冲之陶乎汉、魏，化乎矩度哉！"（《采菽堂古诗选》卷十一）分析深刻，很有道理。

绝妙佳句

习习笼中鸟，举翮触四隅。

作者简介

陶渊明(公元 365 年—427 年),字元亮,一说名潜,字渊明,世号靖节先生。浔阳柴桑(今江西九江西南)人。曾祖陶侃曾任东晋大司马,父祖均曾任太守一类官职。陶渊明 8 岁丧父,家道衰落,日渐贫困。曾几度出仕,任过祭酒、参军一类小官。41 岁时弃官归隐,从此躬耕田园。他以田园生活为题材进行诗歌创作,是田园诗派的开创者。诗风平淡自然,极受后人推崇,影响深远。清陶澍注《靖节先生集》是较好的注本。

拟古九首其三

仲春遘时雨,始雷发东隅①。

众蛰各潜骇,草木纵横舒②。

翩翩新来燕③,双双入我庐。

先巢故尚在,相将还旧居④。

自从分别来,门庭日荒芜⑤。

我心固匪石⑥,君情定何如?

诗中鸟

17

①仲春:即阴历二月,为春季之中。遘:遇。时雨:应时的雨,使草木滋生。东隅:东方。这句是说仲春时节春雨应时而降,春雷开始震响。

②蛰:虫类伏藏。众蛰:指冬眠的虫类。潜:藏。骇:惊。舒:展。这句是说潜藏的虫类受到了惊动,草木也纵横滋生舒展了。

③翩翩:鸟飞轻快的样子。这句和下句是说新近飞回来的燕子,成双成对地到我屋里来。

④先巢:故巢。故:仍旧。相将:相与、相偕。旧居:指故巢。这两句是说先前的巢仍然存在,它们相与回到原处。

⑤这两句是说自从分别以来,门庭一天天地荒芜了。

⑥匪:即非。我心匪石:用《诗经·邶风·柏舟》中的话:"我心匪石,不

可转也。"意思是我的心并非石头,是不可转动的。表示意志专一不可扭转。这句和下句是说我长期隐居的意志坚定不移,不知你的心情如何?

赏 析

晋安帝义熙元年(公元 405 年),陶渊明弃官归隐,从此开始躬耕自资的生涯。义熙十四年,刘裕杀安帝,立恭帝。元熙二年(公元 420 年),刘裕篡晋称宋,废恭帝,并于次年杀之。已经归隐十六、七年的陶渊明,写下了一系列诗篇,寄托对晋朝的怀念,和对刘裕的愤慨。《拟古》九首,联章而为一组,正如明黄文焕《陶诗析义》所指出:"此九章专感革运。"这里是其中的第三首。

"仲春遘时雨,始雷发东隅,"遘,遇。仲春二月,逢上了及时雨。第一声春雷,亦从东方响起——春天又从东方回来了。"众蛰各潜骇,草木纵横舒。"众类冬眠之蛰虫,暗中皆被春雷惊醒,沾了春雨的草木,枝枝叶叶纵横舒展。以上四句,"众蛰"句承"始雷"句来,"草木"句则承"遘时雨"句来。此四句写出春回大地,大自然一片勃勃生机,"草木纵横舒"之"舒",尤其传神。杜甫《续得观书》"时危草木舒"之句,颇可参玩。"翩翩新来燕,双双入我庐。"一双刚刚到来的燕子,翩翩飞进我的屋里。"翩翩""双双",两组叠字分别举于句首,活泼泼地,直是状出燕子之神态。如在目前,毫不费力。"先巢故尚在,相将还旧居。""先巢""旧居",皆指旧有之燕巢。"相将"即相偕。梁上旧巢依然还在,这双燕子一下子便寻到了旧巢,飞了进去,住了下来。原来,这双燕子是诗人家的老朋友呢。曰"相将",曰"旧居",看诗人说得多么亲切,这已经是拟人口吻,我亦具物之情矣。燕子之能认取旧巢,这件寻常小事,深深触动了诗人之别样情怀。他情不自禁地问那燕子:"自从分别来,门庭日荒芜。我心固匪石,君情定何如?"自从去年分别以来,我家门庭是一天天荒芜了，我的心仍然是坚定不移，但不知您的心情究竟如何？"我心固匪石"之句，用《诗经·邶风·柏舟》成语："我心匪石，不可转也。"此句下笔极有力度，有如壁立千仞；亦极具深度，实托喻了诗人坚贞不渝之品节。"君情定何如"之结句，则极富风趣，余味不尽。倘若燕子有知，定作如此答语：纵然君家门庭荒芜，可是我心亦依然不改，只认取旧家故巢而已，不然，又怎会飞回君家呢？清邱嘉穗《东山草堂陶诗笺》谓："末四句亦作燕语方有味。"此说实不通。"门庭日荒芜"，"日"者，一天天也，门庭一天天荒芜，此是主人所见，故非燕语。

翩翩新来燕，双双入我庐。

作者简介

　　谢灵运(公元385年—433年),祖籍陈郡阳夏(今河南大康),他出身于东普大族,是谢玄的孙子,袭康乐公,因称"谢康乐"。刘宋代晋,降公爵为候。宋少帝时,出为永嘉大守,不久辞官,东归会稽。文帝时,为临川内史。元嘉十年(公元432年)获罪被诛。性喜山水,是第一个大量创作山水诗的诗人。

文 学 常 识 丛 书

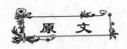

石门岩上宿

朝搴苑中兰,畏彼霜下歇^①;

暝还云际宿^②,弄此石上月^③。

鸟鸣识夜栖,木落知风发。

异音同至听,殊响俱清越^④。

妙物莫为赏^⑤,芳醑谁与伐^⑥?

美人竟不来,阳阿徒晞髮^⑦。

①搴(qiān 千):拔取。苑:苑囿,养禽兽种树木的花园。歇:尽,凋谢。
这二句是说:因为怕兰花被秋霜打坏,所以趁着早晨去园中采撷。

②暝(míng 明):黄昏。云际:云间,这里指石门别墅。

③弄:玩赏。石上月:石门山上的月色。

④异音、殊响:奇异的声响,指栖鸟夜鸣和风发木落的声音。致听:听
得到。"致"又作"至",至听,犹言极动听。清越:声音清亮悠扬。

⑤妙物:美妙的景物,指上面写到的兰、月、鸟鸣、风声等。这句是说那
美好的景物没有人和自己一同欣赏。

⑥芳醑(xǔ 许):美酒。伐:赞美。这句是说,谁同我一起欣赏这好酒。

⑦美人:指诗人思念的好友。阳阿:神话中所说的太阳升起的山丘。

山南叫阳，曲隅为阿。晞：晒干。这二句出于屈原的《九歌·少司命》："与女沐兮咸池，晞女发兮阳之阿。望美人兮未来，临风恍兮浩歌。"意思是说没有知心好友同游，只能在阳阿独自晒头发。

赏析

　　谢灵运于宋景平元年（公元 423 年）辞去永嘉太守之职，回到始宁的祖居，又营造了一些新的庄园别墅，其一在石门山上（今浙江嵊县境内）。石门别墅地势甚高，茂林修竹，环绕四周，一道山溪，曲折流过，是一个幽深而美丽的居所，很受谢灵运的喜爱。这诗写他夜宿于石门别墅的岩石上，外物与内情相激的特殊感觉。谢灵运的山水诗，大多以刻画景物之精巧见长，此诗却以听觉感受为主；大多好谈老庄玄理，此诗却不发议论，而自有深趣在字里行间；甚至，谢诗常为人批评的辞义繁复、用语奥深的毛病，也不见于此篇中。总之，这是谢灵运的一首风格较为特别的作品。

　　开头四句，便有许多精彩。欲写夜宿，先说朝游，笔调来得舒缓。劈头而下、突兀而起，也是一种写法，但那比较适合激烈冲荡的情绪。像这诗要表达幽深情趣，便需缓缓引入。好似游山先渡水，才觉得味道悠长。但前两句不仅是个入题的铺垫，也是诗情的动因。"朝搴苑中兰"，语出《离骚》"朝搴阰之木兰兮"。兰是美好事物的象征，恐怕它在霜露中凋残，而采摘把玩，这是隐喻的写法，包涵着珍惜具有才智和美德的生命的意味。谢灵运是一个非常自负的人，贬出永嘉，辞官暂隐，在于他是很难接受的人生挫折，难免有才智之士不能为世所容的怨艾与自怜，这情绪便在"朝搴苑中兰"的形象中表现出来。因此乃有暮宿石上、流连光华的举动。倘无前二句，全诗就变单薄了。后二句中，"云际宿"一则略带夸张地写出石门别墅所在之高,又暗用《九歌·少司命》"夕宿兮帝郊,君谁须(待)兮云之际"诗意,透出孤独无侣、似有所待的怅惘。归结到"弄此石上月",一个高洁多情,极富美感的形象。"石上月"不是天上月,那是流动着的如水如雾的一片,那是轻柔宛曼的乐章。石的清凉,诗人的忧郁,都写在这音乐中了。

将四句诗连贯起来,可以发现一、三句同二、四句,均是松散的隔句对。"朝搴"与"暝还"对应,时间趋近;"畏彼"与"弄此"对应,方位趋近。你单是读,未必要多想什么,自会觉得有一种风姿、一种韵调轻轻摇曳、迥环飘荡而来,恰与月华的流动重合。总之,这四句诗的语言具有相当丰富而又完整统一的功能,是真正的诗歌语言。

接着四句,是对夜景的欣赏。但又很难说是夜"景",很难说是"欣赏"。这是用听觉在感受夜,并由感受而渐渐潜入自然的深处。张玉谷《古诗赏析》说:"中四即所闻写景,不以目治,而以耳治,是夜宿神理。"这"神理"指什么?他却没有讲清楚。首先应该说,夜景不是不能用目光观赏,也不是不能写好,古诗中不乏这样的例子。但描绘视界中的夜景,非着力不可,人和自然容易处在分离的状态,其效果与本诗所追求的效果是不一样的。

先看前两句:鸟的鸣叫声渐渐低落、渐渐稀少,最后成为偶尔一二声的唧啾,于是意识到它们已在林中栖息,夜越来越深;而在沉静之中,时时又传来簌簌的落叶声,于是知道山中又起了夜风。这二句已经很好地写出了山夜的气氛。因为声音是变动着的,时生时消,起伏不定,它比山林沟壑等固定的形体更能体现山夜的情趣,体现万物在根本的虚寂中运化的节律。这也许就是张玉谷所说的"夜宿神理"吧。

但后二句却是更深入的体验。这二句互文见意,是说:夜中"异音""殊响"一起来到耳边,听来都是清亮悠扬的声调。所谓"异音""殊响"究竟来自何处?是鸟儿的鸣叫,枯叶的飘落,还是不息的山

诗中鸟

溪,断续的虫吟？什么都是,什么也不是。诗人称那些声音为"异音""殊响"的时侯,已经不是说声音本身,而是声音引起的人的奇异感觉。正因为这是一种感觉,那些声音也被改变了,放大了,成为"俱清越"的音调。换句话说,在诗人凝神静听山夜中各种声响的时候,那些声响唤起了人心深处的某种幻觉;以这幻觉感受那些声响,它们也变得与平时不同。这样,似乎在人的生命的深处与自然的深处形成某种神秘的沟通。确实,我们对人和自然,都有许多说不清楚的东西,因而常常凭借着神秘的感受力去体验自然。像谢灵运这样敏锐的诗人,他的体验也比常人来得丰富。

　　按照通常的写法,谢灵运的诗在描摹景物之后,总有一段哲理性的议论。本诗的最后四句收结,却不是如此。他只是感叹:如此美妙的秋夜,却无人能够欣赏,我也就无从向谁夸美这杯中的好酒了。言外之意,是说世人多庸俗,缺乏高逸情趣,难与自己同游。最后两句仍是用《九歌·少司命》诗意。原诗说:"与汝沐兮咸池,晞汝发兮阳之阿。望美人兮未来,临风怳兮浩歌。"谢诗中的"美人",指情意投合的佳侣。"阳阿",向阳的山阿。心中盼望的"美人"终究不会来到,我只是白白地等待,直到太阳出来,晒干我的头发罢了。这里面其实有双重的内涵:一方面,诗人确实希望有志同道合、情趣相通的朋友与自己共赏这秋夜景色;另一方面,绝景独游,无人为侣,恰恰显示了自己不与凡俗同流的品格,表达出孤独高傲、睥睨一世的心情。以谢灵运的性格而言,后者是更重要的。

　　魏晋南朝,是一个自我意识觉醒和强化的时代。而自我意识加强的必然结果,就是孤独感的产生和强化。于是,投向自然,谋求个人与自然的沟通,又成为从孤独感中解脱出来的途径之一。谢灵运这首诗,就是把孤独感,以及孤独中人与自然的感通和追求志同道合者

的情绪,构造成美好的意境。尽管他的其它山水诗也有类似的表现,但都比不上这首诗单纯而优美。所以,在诗史上,这也是一首很有意义的作品。它可以说明:诗歌是怎样随着人的感情生活的丰富复杂化而变得丰富复杂起来的。

绝妙佳句

鸟鸣识夜栖,木落知风发。

作者简介

王籍(生卒年不详),南朝梁诗人,字文海,琅玡临沂(今属山东)人。齐骁骑将军、晋安王文学僧佑子。自幼好学习文,博涉有才,为任昉、沈约所赏。又工草书,笔势遒放,时谓之孔琳之流亚。为诗学谢灵运,《南史》本传称"时人咸谓康乐之有王籍,如仲尼之有丘明,老聃之有庄周"。其在会稽所作《入若耶溪》一诗尤为人所称道。其中"蝉噪林逾静,鸟鸣山更幽"二句,刘孺见之,击节赞赏不已,叹为"文外独绝"。这种"动中有静"的表现手法对后世颇有影响。萧绎曾集其文为十卷,已佚。今存诗二首,逯钦立辑入《先秦汉魏晋南北朝诗》。

文学常识丛书

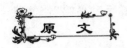

入若耶溪①

舸艋何泛泛②,空水共悠悠。

阴霞生远岫,阳景③逐回流。

蝉噪林逾静,鸟鸣山更幽。

此地动归念,长年悲倦游。

诗中鸟

27

①本篇写泛溪而伤久客。若耶溪:在今浙江省绍兴县南若耶山下。

②舸艋:舟名。泛泛:船行无阻之貌。

③阳景:日影。

赏 析

若耶溪在会稽若耶山下,景色佳丽。本篇是王籍游若耶溪时创作的。

开头两句写诗人乘小船入溪游玩,用一"何"字写出满怀的喜悦之情,用"悠悠"一词写出"空水"寥远之态,极有情致。

三四句写眺望远山时所见到的景色,诗人用一"生"字写云霞,赋予其动态,用一"逐"字写阳光,仿佛阳光有意地追逐着清澈曲折的溪流。把无生命的云霞阳光写得有知有情,诗意盎然。

五六句用以动显静的手法来渲染山林的幽静。"蝉噪""鸟鸣"使笼罩着若耶山林的寂静显得更为深沉。

最后两句写诗人面对林泉美景,不禁厌倦宦游,产生归隐之意。全诗因景启情而抒怀,十分自然和谐。此诗文辞清婉,音律谐美,创造出一种幽静恬淡的艺术境界。

"蝉噪"二句是千古传诵的名句,被誉为"文外独绝"。象唐代王维的"倚杖柴门外,临风听暮蝉",杜甫的"春山无伴独相求,伐木丁丁山更幽",都是用声响来衬托一种静的境界,而这种表现手法正是王籍的创新。

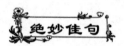

绝妙佳句

蝉噪林逾静,鸟鸣山更幽。

文学常识丛书

作者简介

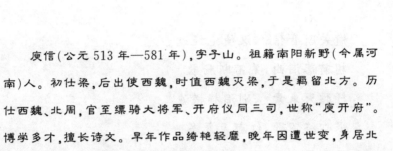

　　庾信(公元 513 年—581 年),字子山。祖籍南阳新野(今属河南)人。初仕梁,后出使西魏,时值西魏灭梁,于是羁留北方。历仕西魏、北周,官至骠骑大将军、开府仪同三司,世称"庾开府"。博学多才,擅长诗文。早年作品绮艳轻靡,晚年因遭世变,身居北地,所著多身世之感、故国之思,风格苍凉沉郁,深受杜甫推崇。有《庾子山集》传世。

咏怀①(其一)

榆关断音信②,汉使绝经过。

胡前落泪曲,羌笛断肠歌。

纤腰灭束素③,别泪损横波④。

恨心终不歇,红颜无复多。

枯木期填海,青山望断河⑤。

①庚信有《咏怀二十七首》,本篇原列第七首以远戍自喻,言久羁异域,恨心不歇,还作种种无益的希望。

②榆关:犹"榆塞",泛指北方边塞。

③减束素:言腰部渐渐瘦细。

④横波:指眼。

⑤填海:精卫填海。精卫是古代神话中的鸟名。它本是炎帝的少女,名女娃,溺死于东海。死后化为鸟,名精卫,常衔西山木石以填东海。"青山"句言望山崩可以阻塞河流。末二句言虽抱希望实际是无聊的空想。

文学常识丛书

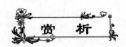

庚信羁留北方后心情郁愤,曾作《咏怀》二十七首,抒发怀念故国的感情和身世之悲,艺术上也更为成熟。本篇为其中第七首。

诗歌主要抒写他羁居异域的痛苦心情。开头两句写他的寂寞,重重关山阻隔了他和故乡的联系,看不见故乡人,他只好在孤独中默默忍受羁旅乡愁的煎熬。下面四句具体写他的悲哀。充满北方情调的乐曲总是勾起诗人对故乡的怀念,他不禁泪满衣襟,肝肠寸断,以至身体消瘦了,眼睛也失去了光彩。最后四句写他不肯放弃回乡的念头,他像精卫鸟希望用枯木填平东海一样,盼望着有朝一日关山无阻,甚至指望青山崩塌,阻塞河流,畅通归乡的路。

这首诗造句精美,语言凝练,把深沉的怀乡情愫写得哀切感人。尤其是结尾二句,思乡情切,竟起无望之想,令人不忍卒读。

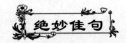

胡前落泪曲,羌笛断肠歌。

纤腰灭束素,别泪损横波。

作者简介

　　骆宾王(约公元 640 年—约 684 年)唐代文学家。他于王勃、杨炯、卢照邻一起,被人们称为"初唐四杰"。他曾经担任临海县丞,后随徐敬业其兵反对武则天,兵败后下落不明,或说是被乱军所杀,或说是遁入空门。有《骆宾王文集》遗世。

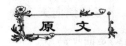

原　文

咏　鹅①

鹅鹅鹅,

曲项②向天歌。

白毛浮绿水,

红掌③拨清波。

注　译

①咏:用诗、词来叙述或描写某一事物。《咏鹅》是骆宾王七岁时写的诗。

②项:颈的后部。

③掌:诗中指鹅的脚掌。

赏　析

这首诗从一个七岁儿童的眼光看鹅游水嬉戏的神态,写得极为生动活泼。

首句连用三个"鹅"字,表达了诗人对鹅十分喜爱之情。这三个"鹅"字,可以理解为孩子听到鹅叫了三声,也可以理解为孩子看到鹅在水中嬉戏,十分欣喜,高兴地连呼三声"鹅、鹅、鹅"。

诗中鸟

次句"曲项向天歌"，描写鹅鸣叫的神态。"曲项"二字形容鹅向天高歌之态，十分确切。鹅的高歌与鸡鸣不同，鸡是引颈长鸣，鹅是曲项高歌。

三、四句写鹅游水嬉戏的情景："白毛浮绿水，红掌拨清波。""浮""拨"两个动词生动地表现了鹅游水嬉戏的姿态。"白毛""红掌""绿水"等几个色彩鲜艳的词组给人以鲜明的视觉形象。鹅白毛红掌，浮在清水绿波之上，两下互相映衬，构成一幅美丽的"白鹅嬉水图"，表现出儿童时代的骆宾王善于观察事物的能力。

骆宾王与王勃、杨炯、卢照邻齐名，被称为"初唐四杰"。徐敬业起兵讨伐武则天时，骆宾王代他写《讨武檄》。檄文罗列了武后的罪状，写得极感人。当武后读到"一抔土之未干，六尺之孤安在"两句时，极为震动，责问宰相为何不早重用此人。徐敬业兵败后，骆宾王下落不明，有被杀、自杀、逃匿不知所终等传说。

鹅鹅鹅，曲项向天歌。

文学常识丛书

作者简介

　　沈佺期(约公元 656 年—约 714 年或 715 年),唐代诗人。字云卿。相州内黄(今属河南)人。上元二年(公元 675 年)进士及第。由协律郎累迁考功员外郎。曾因受贿入狱。出狱后复职,迁给事中。中宗即位,因谄附张易之,被流放。神龙三年(公元 707 年),召拜起居郎兼修文馆直学士,常侍宫中。后历中书舍人、太子少詹事。沈佺期与宋之问齐名,并称"沈宋"。他们的近体诗格律谨严精密,史论以为是律诗体制定型的代表诗人。原有文集 10 卷,已散佚。明人辑有《沈佺期集》。

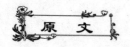

夜宿七盘岭①

独游千里外，高卧七盘西。

山月临窗近，天河入户低②。

芳春平仲绿，清夜子规啼③。

浮客空留听④，襄城闻曙鸡⑤。

注译

①七盘岭：在今四川广元东北，又名五盘岭。有石磴七盘而上，岭上有七盘关。

②"山月"二句：月亮仿佛就在窗前，银河好像要流进房门那样低。

③"芳春"二句：诗人望着浓绿的银杏树，听见悲啼的杜鹃声，春夜独宿异乡的愁思和惆怅，油然弥漫。平仲：银杏的别称。左思《吴都赋》写江南五种特产树木说："平仲君迁，松梓古度。"旧注说："平仲之实，其白如银。"这里兼有寄托自己清白之意。子规：即杜鹃鸟，相传是古蜀王望帝杜宇之魂化成，暮春鸣声悲哀如唤"不如归去"，多作离愁的寄托。

④浮客：即游子，诗人自指。谢惠连《西陵遇风献康乐》说："凄凄留子言，眷眷浮客心。……靡靡即长路，戚戚抱遥悲。"此处化用其意。空留听：是指杜鹃催归，而自己不能归去。

⑤"襄城"句：过襄城便是入蜀境，虽在七盘岭还可听见襄城鸡鸣，但诗

人已经入蜀,远别关中了。

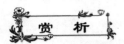

赏　析

　　"七盘岭"在今四川广元东北,又名五盘岭,有石磴七盘而上,岭上有七盘关。沈佺期这首五律写旅途夜宿七盘岭上的情景,抒发惆怅不寐的愁绪。据本诗末句"褒城闻曙鸡",褒城在今陕西汉中北,七盘岭在其西南。夜宿七盘岭,则已过褒城,离开关中,而入蜀境。这诗或作于诗人此次入蜀之初。

　　这首诗是初唐五律的名篇,格律已臻严密,但显然尚留发展痕迹。通首对仗,力求工巧,有齐梁余风。它表现出诗人有较高的艺术才能,巧于构思,善于描写,工于骈偶,精于声律。诗人抓住夜宿七盘岭这一题材的特点,巧妙地在"独游""高卧"上做文章。首联点出"独游""高卧";中间两联即写"高卧""独游"的情趣和愁思,写景象显出"高卧",写节物衬托"独游";末联以"浮客"应"独游",以"褒城"应"高卧"作结。结构完整,针迹细密。同时,它通篇对仗,铿锵协律,而文气流畅,写景抒怀,富有情趣和意境。在初唐宫廷诗坛上,沈佺期是以工诗著名的,张说曾夸奖他说:"沈三兄诗,直须还他第一!"这未免过奖,但也可说明,沈诗确有较高的艺术技巧。这首诗也可作一例。

绝妙佳句

　　浮客空留听,褒城闻曙鸡。

作者简介

张九龄(公元 678 年—740 年),字子寿,韶州曲江(今广东韶关)人。唐中宗景龙初中进士,玄宗朝应"道侔伊吕科",策试高第,位至宰相。在位直言敢谏,举贤任能,为一代名相。曾预言安禄山狼子野心,宜早诛灭,未被采纳。他守正不阿,为奸臣李林甫所害,被贬为荆州长史。开元末年,告假南归,卒于曲江私第。他七岁能文,终以诗名。其诗由雅淡清丽,转趋朴素道劲,运用比兴,寄托讽谕,对初唐诗风的转变,起了推动的作用。近体诸作,绮密闲淡,音情朗练,可谓兼备众美。

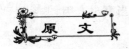

诗中鸟

咏　燕

海燕①何微眇,乘春亦暂来。

岂知泥滓贱,只见玉堂开。

绣户时双入,华轩日几回。

无心与物竞,鹰隼②莫相猜。

39

①海燕:燕子别称,古人以为燕子春天来自南方渡海而至,因称海燕。

②鹰隼:鸷鸟。谢眺《暂使下都夜发新林至京邑赠西府同僚》:"常恐鹰隼击,时菊委严霜"。

　　曲江之咏物,深得屈平真传,物我之间不即不离,不粘不脱。此诗以海燕自况,表其忧疑,明其进退,见之结联:"无心与物竞,鹰隼莫相猜。"与《庭梅咏》之"芳意何能早,孤荣亦自危",同一题旨。说者以为见嫉于李林甫,故有是作。事见郑处诲《明皇杂录》、孟棨《本事诗》,亦当事出有因,非系风捕影者。

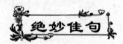

海燕何微眇,乘春亦暂来。

作者简介

　　高适(约公元 700—765 年),字达夫,渤海蓨(今河北景县)人。少孤贫,潦倒失意,长期客居梁宋,以耕钓为业。又北游燕赵,南下富于淇上。后中有道科,授封丘尉。天宝十二载,弃官入陇右节度使哥舒翰幕府掌书记。安史之乱,升侍御史,拜谏议大夫。肃宗朝历官御史大夫、扬州长史、淮南节度使,又任彭州、蜀州刺史,转成都尹、剑南西川节度使。入朝为刑部侍郎,转左散骑常侍,封渤海县侯,病逝。其诗以写军旅生活最具特色,粗犷豪放,遒劲有力,是边塞诗派的代表之一,与岑参齐名,世称"高岑"

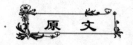

燕歌行①并序

开元二十六年②,客有从元戎③出塞而还者,作《燕歌行》以示适。感征戍④之事,因而和⑤焉。

汉家⑥烟尘在东北,汉将⑦辞家破残贼⑧。

男儿本自重横行⑨,天子非常赐颜色⑩。

摐金⑪伐鼓⑫下榆关⑬,旌旆⑭逶迤碣石⑮间。

校尉⑯羽书⑰飞瀚海⑱,单于猎火照狼山。

山川萧条⑲极⑳边土,胡骑凭陵㉑杂风雨㉒。

战士军前㉓半死生㉔,美人帐下犹歌舞。

大漠穷秋塞草衰,孤城落日斗兵稀㉕。

身当恩遇㉖常轻敌,力尽关山未解围。

铁衣远戍辛勤久,玉箸应啼别离后。

少妇城南欲断肠,征人蓟北空回首。

边庭㉗飘飖㉘那可度㉙,绝域苍茫更何有?

杀气三时作阵云,寒声一夜传刁斗。

相看白刃血纷纷,死节㉚从来岂顾勋?

君不见沙场征战苦,至今犹忆李将军。

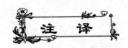

注 译

①燕歌行:乐府平调曲名。

②开元:唐玄宗李隆基的年号。二十六年,即公元738年。

③元戎:主帅,指幽州节度使张首圭。

④征戍:制出征戍边,即服军役。

⑤和:指以诗相和答。

⑥汉家:汉朝,这里是借汉指唐。

⑦汉将:即唐将。

⑧残贼:凶残的敌人。

⑨横行:无所阻挡地驰骋于敌军之中。

⑩赐颜色:给面子,赐予荣耀的意思。

⑪摐:撞击。金:指钲,军中乐器。

⑫伐鼓:击鼓。

⑬下榆关:即出兵榆关。榆关:即山海关,在今河北省秦皇岛市东北,为当时东北的军事重镇。

⑭旌旆:指军中各种旗帜。

⑮碣石:山名,在今河北省昌黎县北。碣石间:这里泛指东北沿海地区。

⑯校尉:汉代的武官名,汉武帝设八校尉,位次于将军,这里指唐军中的武官。

⑰羽书:插有鸟羽的军用紧急文书。

⑱瀚海:指大沙漠。

⑲萧条:荒凉。

⑳极:尽。

㉑凭陵:侵犯。

㉒杂风雨:即风雨交加,形容敌人来势凶猛,如狂风暴雨。

㉓军前:阵前。

㉔半生死:即生死各半的意思,形容伤之惨重。

㉕斗兵稀:指唐军因伤势之惨重减员,战斗的士兵减少了。

㉖身当恩遇:指边将身受朝廷的器重。

㉗边庭:边将地区。

㉘飘飘:动荡不安的样子。

㉙那可度:哪能度过。

㉚死节:指为国而英勇献身。节:气节,这里是指保卫国家的气节。

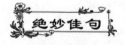

本诗是作者的代表作,也是唐代边塞诗中的名作。

本诗的主题确是集中表现了封建社会军队中的苦乐不均的现实,"战士军前半死生,美人帐下犹歌舞"就是最典型的概括。

作者一方面着力描写战士艰苦行军、英勇杀敌、为国献身,以至"力尽关山""白刃血纷纷";一方面写边官却醉生梦死,歌舞宴饮。结尾说:"至今犹忆李将军"也是对边将的谴责,反衬他们的腐败无能。全诗气势磅礴,音韵婉转自然,感情动人。

绝妙佳句

校尉羽书飞瀚海,单于猎火照狼山。

山川萧条极边土,胡骑凭陵杂风雨。

战士军前半死生,美人帐下犹歌舞。

大漠穷秋塞草衰，孤城落日斗兵稀。

身当恩遇常轻敌，力尽关山未解围。

铁衣远戍辛勤久，玉箸应啼别离后。

少妇城南欲断肠，征人蓟北空回首。

诗中鸟

作者简介

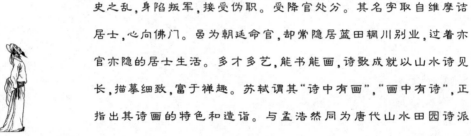

    王维(公元 701 年—761 年),字摩诘,原籍太原祁县(今属山西),父辈迁居于蒲州(今山西永济)。开元九年进士及第,任太乐丞,因事贬为济州司仓参军。曾奉使出塞,回朝官尚书右丞。安史之乱,身陷叛军,接受伪职。受降官处分。其名字取自维摩诘居士,心向佛门。虽为朝廷命官,却常隐居蓝田辋川别业,过着亦官亦隐的居士生活。多才多艺,能书能画,诗歌成就以山水诗见长,描摹细致,富于禅趣。苏轼谓其"诗中有画","画中有诗",正指出其诗画的特色和造诣。与孟浩然同为唐代山水田园诗派代表。

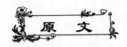

鸟鸣涧①

人闲桂花②落,夜静春山空。

月出惊山鸟,时鸣春涧中。

①鸟鸣涧:王维到友人皇甫岳的"云溪"做客,感于云溪景色之美。涧:山间流水的沟。

②桂花:诗中指春桂(春天开花)。

47

这首是山水诗。以鸟鸣衬静,以"桂花落"衬"人闲"。桂花很小很小,飘落时几乎无影,坠地时几乎无声。能够感觉到"桂花落",那这人内心是多么的闲静啊!诗人怎么会这么闲静呢?是因为他处身于"夜静春山空"的环境里。所以一、二两句虽然分写"人闲"和"夜静",实际上只是写"夜静"。

月出惊山鸟,时鸣春涧中。

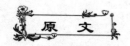

青雀歌

青雀①翅羽短②,未能远食玉山禾③。

犹④胜黄雀⑤争上下⑥,唧唧⑦空仓⑧复若何⑨?

①青雀:鸟名,桑扈的别称,嘴曲,食肉,好盗脂膏。

②翅羽短:比喻不能远飞。

③玉山禾:玉山,西王母所居之山。鲍照《空雀城》诗有句:"诚不及青鸟,原食玉山禾"。

④犹:还。

⑤黄雀:雀科,鸣声清脆,可饲养以供观赏。

⑥争上下:争高争低相觅食。

⑦唧唧:黄雀的叫声。

⑧仓:粮仓。

⑨若何:能怎么样呢?

文学常识丛书

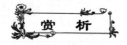

48

王维此诗通篇运用比兴手法,情幽曲致。诗中将青雀比作山中的隐逸之人——他鄙夷和否定世俗繁华和高官厚爵（远食玉山禾），也不屑于凡夫俗子、世情利禄（争上下的黄雀）中翻滚，表现出诗人蝉蜕尘埃、淡泊高洁的处世态度和悠然好静、恬淡无为的思想倾向。

绝妙佳句

犹胜黄雀争上下，唧唧空仓复若何？

作者简介

李白(公元 701 年—762 年),字太白,号青莲居士。祖籍陇西成纪(今甘肃省天水市附近的秦安县),隋朝末年其先祖因罪住在中亚细亚。李白的诗以抒情为主。屈原而后,他第一个真正能够广泛地从当时的民间文艺和秦、汉、魏以来的乐府民歌吸取其丰富营养,集中提高而形成他的独特风貌。他具有超异寻常的艺术天才和磅礴雄伟的艺术力量。一切可惊可喜、令人兴奋、发人深思的现象,无不尽归笔底。杜甫有"笔落惊风雨,诗成泣鬼神"(《寄李十二白二十韵》)之评,是屈原之后我国最为杰出的浪漫主义诗人,有"诗仙"之称。与杜甫齐名,世称"李杜",韩愈云:"李杜文章在,光焰万丈长。"(《调张籍》)。有《李太白集》。

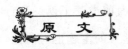

乌夜啼

黄云①城边乌欲栖,归飞哑哑枝上啼。

机中织锦②秦川③女,碧纱如烟④隔窗语。

停梭⑤怅然忆远人,独宿空房泪如雨。

①黄云:李白《庐山遥寄卢侍虚舟》:"黄云万里动风色。"可见黄云是大风所卷起的。

②织锦:《晋书·列女传》载:窦滔妻苏蕙,字若兰。因窦滔谪居西北边地。"苏氏思之,织锦为《回文旋图诗》以赠之。"这里借指秦川织女对其远戍的丈夫的思念。

③秦川:今陕西渭河流域。

④碧纱如烟:指绿纱糊过的窗子像烟云般朦胧。全句是说:隔着如烟的碧纱听到一对乌鸦的啼叫。

⑤停梭:停止织布。

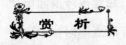

传说李白在天宝初年到长安,贺知章读了他的《乌栖曲》《乌夜啼》等诗

后,大为叹赏,说他是"天上谪仙人也",于是在唐玄宗面前推荐了他。《乌夜啼》为乐府旧题,内容多写男女离别相思之苦,李白这首的主题也与前代所作相类,但言简意深,别出新意,遂为名篇。

"黄云城边乌欲栖,归飞哑哑枝上啼",起首两句绘出一幅秋林晚鸦图,夕曛暗淡,返照城闉,成群的乌鸦从天际飞回,盘旋着,哑哑地啼叫。"乌欲栖",正是将栖未栖,叫声最喧嚣、最烦乱之时,无所忧愁的人听了,也会感物应心,不免惆怅,更何况是心绪愁烦的离人思妇呢?在这黄昏时候,乌鸦尚知要回巢,而远在天涯的征夫,到什么时候才能归来呵?起首两句,描绘了环境,渲染了气氛,在有声有色的自然景物中蕴含着的愁绪牵引了读者。"机中织锦秦川女,碧纱如烟隔窗语",这织锦的秦川女,固可指为苻秦时窦滔妻苏蕙,更可看作唐时关中一带征夫远戍的思妇。诗人对秦川女的容貌服饰,不作任何具体的描写,只让你站在她的闺房之外,在暮色迷茫中,透过烟雾般的碧纱窗,依稀看到她伶俜的身影,听到她低微的语音。这样的艺术处理,确是匠心独运。因为在本诗中要让读者具体感受的,并不是这女子的外貌,而是她的内心,她的思想感情。

"停梭怅然忆远人,独宿空房泪如雨!"这个深锁闺中的女子,她的一颗心牢牢地系在远方的丈夫身上,"我心匪石,不可转也","我心匪席,不可卷也",悲愁郁结,无从排解。追忆昔日的恩爱,感念此时的孤独,种种的思绪涌上心来,怎不泪如雨呢?这如雨的泪也沉重地滴到诗人的心上,促使你去想一想造成她不幸的原因。到这里,诗人也就达到他预期的艺术效果了。

五、六两句,有几种异文。如敦煌唐写本作"停梭问人忆故夫,独宿空床泪如雨"。《才调集》卷六注:"一作'停梭向人问故夫,知在流沙泪如雨'"等,可能都出于李白的原稿,几种异文与通行本相比,有两点不同:一是"隔窗语"不是自言自语,而是与窗外人对话;二是征夫的去向,明确在边地的流沙。仔细吟味,通行本优于各种异文,没有"窗外人"更显秦川女的孤独寂寞;远人去向不具写,更增相忆的悲苦。可见在本诗的修改上,李白是经过推敲的。沈德潜评这首诗说:"蕴含深远,不须语言之烦。"(《唐诗别裁》)说得言简意赅。短短六句诗,起手写情,布景出人,景里含情;中间两句,人物有确定的环境、身分和身世,而且绘影绘声,想见其人;最后点明主题,却又包含着许多意内而言外之音。诗人不仅不替她和盘托出,做长篇的哭诉,而且还为了增强诗的概括力量,放弃了看似具体实是平庸的有局限性的写法,从上述几种异文的对比中,便可明白这点。

诗中鸟

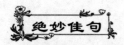

绝妙佳句

　　黄云城边乌欲栖,归飞哑哑枝上啼。

53

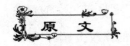

临路歌①

大鹏飞兮振八裔,中天②摧③兮力不济。

余风④激兮万世,游扶桑兮挂⑤左袂。

后人得⑥之传此,仲尼亡⑦兮谁为出涕?

 注 译

①临路歌:临终歌。

②中天:半空

③摧:折断

④余风:遗风

⑤挂:比喻腐朽势力阻挠

⑥得:知大鹏夭折半空

⑦仲尼:鲁国抓一条麒麟,孔子认为麒麟出非其时,世道将乱,大哭。

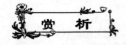 赏 析

对这首诗的题目历来都存有疑问,后人根据诗歌的主要内容,又联系到唐代李华所作的《故翰林学士李君墓铭序》中关于李白临去世时的记载"年六十有二不偶,赋《临终歌》而卒",认为《临路歌》中的"路"字,很可能是

因为字形与"终"相近而出现的误差,所谓的"临路歌"其实就是《临终歌》,也就是说,这首《临路歌》实际上是我国最伟大的浪漫主义诗人李白的绝笔诗,这样一来,这首诗自然而然地就引起了后世更多的关注,它在李白全部诗歌创作中的地位也就非同一般了。

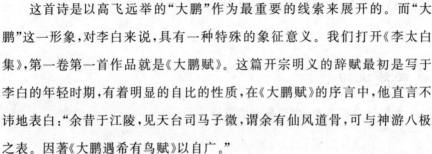

这首诗是以高飞远举的"大鹏"作为最重要的线索来展开的。而"大鹏"这一形象,对李白来说,具有一种特殊的象征意义。我们打开《李太白集》,第一卷第一首作品就是《大鹏赋》。这篇开宗明义的辞赋最初是写于李白的年轻时期,有着明显的自比的性质,在《大鹏赋》的序言中,他直言不讳地表白:"余昔于江陵,见天台司马子微,谓余有仙风道骨,可与神游八极之表。因著《大鹏遇希有鸟赋》以自广。"

在这首诗的一头一尾出现的两个形象,完全证明了李白一生的报负与志向,一个是展翅高飞、"扶摇直上"的大鹏,一个是删述六经、"辉映千春"的孔子,分别是浪漫世界和现实生活中登峰造极的杰出代表。从李白的这首绝笔之作来看,也完全证明了李白是一个在根本上把现实与浪漫结合在一起的社会人,只不过,他希望以浪漫的、非一般的方式,完成改善现状、实现自我人生价值的理想而已。虽然李白在临终时,是怀着一腔壮志未酬的悲愤,离开这个他为之顽强奋斗了一生的世界的,但是,他的心血与付出并没有白费,尽管在当时,也许没有人为这颗文学的巨星的陨落而伤心落泪,甚至都没有人知晓他的死讯,不是一直有这样一种动人的传说,李白是因为在安徽马鞍山长江边上的采石矶上,喝醉了酒,看到江中的月亮,奋不顾身地跳下江去,为捞月亮而不幸身亡的吗,直至今日,在采石矶上,还有一处纪念李白投江的景点叫做"捉月台"呢。但是随着时间的推移和历史大浪淘沙般的过滤,李白那种积极浪漫的情怀、傲视权贵的气节、为理想献身的精神,特别是近千首反映了他一生追求和表达人世间种种审美感受的激情诗篇,早已成为中华民族最宝贵的精神遗产之一,甚至走向了世界。李

诗中鸟

55

白的浪漫精神及其用浪漫手法写就的华彩乐章,早已成为不朽。从这一点来说,李白确实没有什么可遗憾的了,因为,他曾经把自己想象为一只永不服输的大鹏鸟,而这只大鹏鸟也已经永远活在所有热爱生活,向往自由的人们心中,伴随着他们,一起奔向更美好的生活的彼岸,从这个意义上来说,李白确实已经"垂辉映千春"了。

绝妙佳句

大鹏飞兮振八裔,中天摧兮力不济。

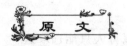
越中^①览古

越王勾践^②破吴归，战士还家^③尽锦衣。

宫女如花满春殿，只今唯有鹧鸪^④飞。

①越中：现在浙江省杭州市以南一带地方，越国的国都会稽（今绍兴市）就在这里游览古迹。

②越王勾践：春秋时代越国的君王，曾被吴王打败俘虏。回到越国后，他卧薪尝胆（夜里睡在柴草上并县挂苦胆，吃饭睡觉前都要尝一尝胆的苦味），发愤图强，终于消灭了吴国。

③还家：回家。锦衣：华美艳丽的服装。

④鹧鸪：一种鸟，羽毛黑白两色相杂。

赏析

这是一首怀古之作，亦即诗人游览越中（唐越州，治所在今浙江绍兴），有感于其地在古代历史上所发生过的著名事件而写下的。在春秋时代，吴越两国争霸南方，成为世仇。越王勾践于公元前494年，被吴王夫差打败，回到国内，卧薪尝胆，誓报此仇。公元前473年，他果然把吴国灭了。诗写

57

诗中鸟

的就是这件事。

诗歌不是历史小说，绝句又不同于长篇古诗，所以诗人只能选取这一历史事件中他感受得最深的某一部分来写。他选取的不是这场斗争的漫长过程中的某一片断，而是在吴败越胜，越王班师回国以后的两个镜头。首句点明题意，说明所怀古迹的具体内容。二、三两句分写战士还家、勾践还宫的情况。消灭了敌人，雪了耻，战士都凯旋了；由于战事已经结束，大家都受到了赏赐，所以不穿铁甲，而穿锦衣。只"尽锦衣"三字，就将越王及其战士得意归来，充满了胜利者的喜悦和骄傲的神情烘托了出来。越王回国以后，踌躇满志，不但耀武扬威，而且荒淫逸乐起来，于是，花朵儿一般的美人，就占满了宫殿，拥簇着他，侍候着他。

诗篇将昔时的繁盛和今日的凄凉，通过具体的景物，作了鲜明的对比，使读者感受特别深切。一般地说，直接描写某种环境，是比较难于突出的，而通过对比，则获致的效果往往能够大大地加强。所以，通过热闹的场面来描写凄凉，就更觉凄凉之可叹。如此诗前面所写过去的繁华与后面所写现在的冷落，对照极为强烈，前面写得愈着力，后面转得也就愈有力。为了充分地表达主题思想，诗人对这篇诗的艺术结构也作出了不同于一般七绝的安排。一般的七绝，转折点都安排在第三句里，而它的前三句却一气直下，直到第四句才突然转到反面，就显得格外有力量，有神采。这种写法，不是笔力雄健的诗人，是难以挥洒自如的。

绝妙佳句

宫女如花满春殿，只今唯有鹧鸪飞。

文学常识丛书

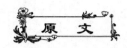

鹦 鹉 洲①

鹦鹉来过吴江水②,江上洲传鹦鹉名。

鹦鹉西飞陇山去③,芳洲之树何青青④!

烟开兰叶香风暖,岸夹桃花锦浪生⑤。

迁客此时徒极目⑥,长洲孤月向谁明⑦?

诗中鸟

59

①鹦鹉洲,武昌西南长江中的一个小洲。祢衡曾作《鹦鹉赋》于此,故称。

②吴江,指流经武昌一带的长江。

③陇山,又名陇坻,山名,在今陕西陇县西北。相传鹦鹉出产在这里。

④芳洲,香草丛生的水中陆地。这里指鹦鹉洲。

⑤锦浪,形容江浪像锦绣一样美丽。两句意为:春风吹开了烟雾,送来浓郁的兰香;两岸桃花盛开,映照得江浪绚丽如锦。

⑥迁客,指自己是流放过的人。

⑦长洲,指鹦鹉洲。向谁明,意即照何人。

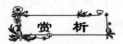

赏析

　　这首诗是李白上元元年(公元760年)自零陵归至汇夏时作。诗人运用流畅自然的语言描绘了鹦鹉洲附近美丽的景色,同时运用反衬的手法,表达了诗人经过无数磨难后仍然漂泊不定的凄苦心境。

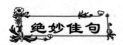

绝妙佳句

　　鹦鹉来过吴江水,江上洲传鹦鹉名。

文学常识丛书

作者简介

崔颢（？—公元754年），汴州（今河南开封）人。开元十年进士及第，曾出使河东节度使军幕，天宝时历任太仆寺丞、司勋员外郎等职。足迹遍及江南塞北，诗歌内容广阔，风格多样。或写儿女之情，几近轻薄；或状戎旅之苦，风骨凛然，诗名早著，影响深远。

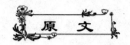

黄鹤楼①

昔人②已乘黄鹤②去③，此地空余④黄鹤⑤楼。

黄鹤⑥一去不复返，白云千载空⑦悠悠⑧。

晴川⑨历历⑩汉阳⑪树，芳草⑫萋萋⑬鹦鹉洲⑭。

日暮乡关⑮何处是，烟波⑯江上使人愁。

①黄鹤楼：旧址在今湖北省武汉市蛇山的黄鹄矶头，俯瞰长江，为登览胜地。

②昔人：指传说中来过黄鹤楼的仙人。

③乘黄鹤：一本作"乘白云"。

④去：离开了此地。

⑤空余：空空留下。

⑥黄鹤：指仙人所乘的黄鹤。

⑦空：徒然。

⑧悠悠：飘荡的样子。

⑨晴川：指阳光照耀下的汉江。

⑩历历：看得很清晰的样子。

⑪汉阳：今湖北省武汉市汉阳区，与武昌黄鹤楼隔江相望。

⑫芳草:一作"春草"。

⑬萋萋:茂盛的样子。

⑭鹦鹉洲:据《清一统志》载:"湖北武昌府,鹦鹉洲在江夏县西南二里,祢衡墓晨鹦鹉洲,今沦于江。"东汉末年,黄祖杀祢衡而埋于洲上,祢衡曾作过《鹦鹉赋》,后人遂称其洲为鹦鹉洲。"

⑮乡关:故乡。

⑯烟波:烟霭笼罩的江面。

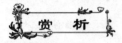

赏　析

　　这是一篇"擅千古之奇"的览胜名作。据说当年李白登黄鹤楼,本想赋诗,见了崔颢这首作品后,说"眼前有景道不得,崔颢题诗在上头",掷笔而去(见辛文房《唐才子传》)。李白后来创作《登金陵凤凰台》,明显受到这首诗的影响。

　　这诗前半部分写凭吊之感,后半部分写登楼所见的景色和因凭吊而生的乡情。前半部分虚写:仙人既不可见,鹤去楼空,只有空中白云,千载悠悠,概括地写出了黄鹤楼古今的变化。有一种迷茫之感,同时也表现了诗人登楼时古人不可见的寂寞心情。这四句是一气流注,聘其笔势,旋转而下。后半部分实写登楼时的所见所感:诗人从视野的远处着笔,先写汉阳一带,晴空万里,绿树成阴,历历在目;再看鹦鹉洲上,芳草繁茂,碧绿如茵;俯瞰长江,暮色苍茫,烟霭沉沉,诗人触景生情,勾起了淡淡的乡愁。全诗一气贯注,格调优美,为历代诗人的所赞叹。

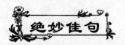

绝妙佳句

　　黄鹤一去不复返,白云千载空悠悠。

作者简介

杜甫(公元 712 年—770 年),字子美,自号少陵野老,盛唐大诗人,号称"诗圣"。原籍湖北襄阳,生于河南巩县。初唐诗人杜审言之孙。唐肃宗时,官左拾遗。后入蜀,友人严武推荐他做剑南节度府参谋,加检校工部员外郎。故后世又称他杜拾遗、杜工部。

杜甫和李白齐名,世称"李杜"。他的思想核心是儒家的仁政思想。他有"致君尧舜上,再使风俗淳"的宏伟抱负。他热爱生活,热爱人民,热爱祖国的大好河山。他嫉恶如仇,对朝廷的腐败、社会生活中的黑暗现象都给予批评和揭露。他同情人民,甚至幻想着为解救人民的苦难甘愿做自我牺牲。

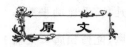

画 鹰

诗中鸟

素练①风霜起,苍鹰画作殊。

㧑身②思狡兔,侧目似愁胡③。

绦镟④光堪摘,轩楹⑤势可呼。

何当击凡鸟,毛血洒平芜⑥。

①素练:画鹰所用的白绢。

②㧑身:犹竦身。㧑,挺立。

③愁胡:形容鹰眼。孙楚《鹰眼》:"深目娥眉,状如愁胡。"

④绦镟:指系住苍鹰的丝绳与铁环。

⑤轩楹:指廊柱。即画鹰所挂之处。

⑥平芜:绿草丛生的平原。

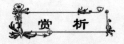

　　少陵题画诗,多既咏画中物,又咏世间物,既切画,又不尽切画,即邵青门所谓"在切与不切之间"(《莲坡诗话》)。此诗写画鹰,亦写真鹰,不粘不脱,左右逢源,得心应手,如此题画诗,堪称典范。结联从真鹰写开去,托物寓兴,意味深长。诚如方回《瀛奎律髓》所评:"'何当击凡鸟,毛血洒平芜',子美胸中愤世嫉邪,又以寓见深意,谓焉得烈士有如真鹰,能搏扫庸谬之流也。盖亦以讥夫貌之似而无能为者也。诗至此神矣。"

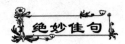

绝妙佳句

素练冈霜起,苍鹰画作殊。

作者简介

　　雍陶(生卒年不详),字国钧,成都(今属四川)人。大和三年,南诏攻陷成都,播越羁旅,贫寒多病。大和八年,入京应举,进士及第。曾以侍御佐充海幕。大中六年,授国子毛诗博士。后出刺简州,复为雅州刺史。竟辞荣,闲居庐岳,养疴傲世。工于诗赋,为时所重,亦颇自负,自比谢宣城(朓)、柳吴兴(恽)。其诗情景俱到,工于造联,而屡于送结,自是晚唐本色。

咏双白鹭

双鹭应怜水满池,风飘不动顶丝①垂。

立当青草人先见,行傍白莲鱼未知。

一足独拳寒雨里,数声相叫早秋时。

林塘得尔须增价,况与诗家物色宜②。

①顶丝:指白鹭头顶上细长的羽毛。

②物色宜:犹言物宜,即事物之所宜。

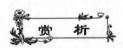

为双白鹭绘形绘声,咏物可谓精工,然以其无所寄托,无可回味,故未臻于妙境。以议物作结,失其余韵矣。

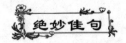

双鹭应怜水满池,风飘不动顶丝垂。

文学常识丛书

作者简介

贾至(？—公元 772 年)唐代文学家。字幼邻,一作幼几。洛阳(今属河南)人。天宝初以校书郎为单父尉,与高、独孤及等交游。天宝末任中书舍人。安史乱起,随玄宗奔四川。乾元元年(公元 758 年)春,出为汝州刺史,后贬岳州司马,与李白相遇,有诗酬唱。代宗宝应元年(公元 762 年),复为中书舍人,官终散骑常侍。

贾至以文著称当时,甚受中唐古文作家独孤及、梁肃等推崇。其父贾曾和他都曾为朝廷掌执文笔。玄宗受命册文为贾曾所撰,而传位册文则是贾至手笔。玄宗赞叹"两朝盛典出卿家父子手,可谓继美"(《新唐书·贾至传》)。他所撰册文,当时誉为"历历如西汉时文"(李舟《独孤常州集序》)。韩愈弟子唐皇甫说:"贾常侍之文,如高冠华簪,曳裾鸣玉,立于廊庙,非法不言,可以望为羽仪,资以道义。"(《谕业》)指出了贾文典雅华瞻的风格特点。

贾至与当时著名诗人、作家有广泛交游,也有诗名。其诗风格如其文。《自蜀奉册命往朔方途中呈韦左相》陈述途中感慨,"直叙时事,煌煌大文"(沈德潜《唐诗别裁》),而与王维、杜甫、岑参一起唱和的《早朝大明宫呈两省僚友》则高华工整,得意歌颂。但在贬岳州后,诗风变化。《初至巴陵与李十二白裴九同泛洞庭湖》三首,词句清丽,意境悠远。《寓言二首》更以芳草美人寄喻遭际不遇,古雅而有风骨。所以杜甫曾称其诗"雄笔映千古"(《别唐十五诚因寄礼部贾侍郎》)。

《新唐书·艺文志》著录《贾至集》20 卷,《别集》15 卷,已佚。《全唐诗》存诗 1 卷,《全唐文》存文 3 卷。事迹见新、旧《唐书》本传。

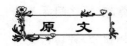

铜雀台①

日暮铜台静,西陵②鸟雀归。

抚弦心断绝,听管泪霏微。

灵几③临朝奠,空床卷夜衣④。

苍苍川上月,应照妾魂飞。

①铜雀台:与金虎、冰井合称三台。曹操与建安十五年建。其高十丈,殿屋一百二十间,楼顶置大铜雀,舒翼若飞,故名。故址在今河北临漳西南。

②西陵:又称高平陵,三国魏武帝曹操陵寝。操临死,令官人祭奠歌吹并望西陵。故址在今河北临漳之西。

③灵几:祭奠亡灵的几案。

④卷夜衣:乐府古题有《秦王卷衣》,唐李白又有《秦女卷衣》,其诗云:"天子居未央,妾侍卷衣裳。故无紫宫宠,敢拂黄金床"。

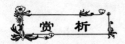

曹公超脱豪雄,而临终却令铜雀妓望西陵歌吹祭奠,乃非真旷达者也。

故古来多有赋铜雀妓者,不无讽焉。本篇亦写歌吹祭奠,生死之间无不动情,结联月照魂飞,阴气凄然,余意不尽。所以谭宗《近体秋阳》评曰:"健力奇气,懵情令读者毛发都竖。"

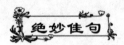

日暮铜台静,西陵鸟雀归。

作者简介

诗中鸟

  钱起(公元722年—782年),字仲文,吴兴(今浙江湖州)人。唐代诗人。天宝年间考中进士,初任秘书省校书郎。安史乱起,逃难在外,干元初,任蓝田尉,与隐终南山的王维唱和,甚得王维称赞。钱起是"大历十才子"的首领,在当时诗名极大,诗多写景之作,体格整饬,理致清淡。

73

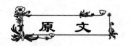

归 雁

潇湘①何事②等闲③回？水碧沙明两岸苔④。

二十五弦⑤弹夜月⑥，不胜⑦清怨⑧却飞来⑨。

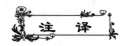

①潇湘：潇水和湘水，泛指今湖南衡阳以北地区，相传大雁南飞，飞到衡阳回雁峰为止。

②何事：何故，什么原因。

③等闲：随便，轻易，无端。

④两岸苔：指潇水、湘水两岸长满了莓苔，莓苔属蔷薇科植物，种类很多，可供雁食，这两句写诗人问大雁：潇湘地方有碧色的水流，明净的沙石，那里还长满了莓苔，环境如此美好，食物如此丰盛，你们为什么就这么轻易飞回来了呢。

⑤二十五弦：指瑟这种乐器，瑟本为五十弦，天帝命素女鼓瑟，太悲，天帝经受不住，就破其瑟为二十五弦。

⑥弹夜月：在夜月下鼓瑟。传说舜的妻子娥皇、女英死后成了湘水之神，她们极会鼓瑟。这里就是写她们在夜月下弹起了瑟。诗人写有《省试湘灵鼓瑟》专门描写湘灵鼓瑟的高超技艺和她们创造的音乐形象。

⑦不胜：不堪，经受不住。

⑧清怨:指曲调凄清哀怨。

⑨却飞来:指从潇湘返回北方,这两句是用大雁的口吻回答诗人的问话,说是只因湘灵在月夜鼓瑟,那凄清哀怨的曲调使我们难以忍受,所以很快又飞回来了。

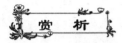

古人认为,秋雁南飞,不越过湖南衡山的回雁峰,它们飞到峰北就栖息在湘江下游,过了冬天再飞回北方。作者依照这样的认识,从归雁想到了它们归来前的栖息地——湘江,又从湘江想到了湘江女神善于鼓瑟的神话,再根据瑟曲有《归雁操》进而把鼓瑟同大雁的归来相联系,这样就形成了诗中的奇思妙想。

根据这样的艺术构思,作者一反历代诗人把春雁北归视为理所当然的惯例,而故意对大雁的归来表示不解,一下笔就连用两个句子劈空设问:"潇湘何事等闲回?水碧沙明两岸苔",询问归雁为什么舍得离开那环境优美、水草丰盛的湘江而回来呢?这突兀的询问,一下子就把读者的思路引上了诗人所安排的轨道——不理会大雁的习性,而另外探寻大雁归来的原因。

作者在第三、四句代雁做了回答:"二十五弦弹夜月,不胜清怨却飞来。"湘江女神在月夜下鼓瑟(二十五弦),那瑟声凄凉哀怨,大雁不忍再听下去,才飞回北方的。

诗人就是这样借助丰富的想象和优美的神话,为读者展现了湘神鼓瑟的凄清境界,着意塑造了多情善感而又通晓音乐的大雁形象。然而,诗人笔下的湘神鼓瑟为什么那样凄凉?大雁又是为什么那样"不胜清怨"呢?为了弄清诗人所表达的思想感情,无妨看看他考进士的成名之作《湘灵鼓

瑟》。在那首诗中,作者用"苍梧来怨慕"的诗句指出,湘水江神鼓瑟之所以哀怨,是由于她在乐声中寄托了对死于苍梧的丈夫——舜的思念。同时,诗中还有"楚客不堪听"的诗句,表现了贬迁于湘江的"楚客"对瑟声哀怨之情的不堪忍受。

这首诗构思新颖,想象丰富,笔法空灵,抒情婉转,意趣含蕴。它以独特的艺术特色,而成为引人注目的咏雁名篇之一。

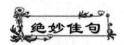

绝妙佳句

二十五弦弹夜月,不胜清怨却飞来。

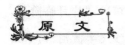

送征雁

秋空万里净,嘹唳①独南征。

风急翻霜冷,云开见月惊。

塞②长怜③去翼,影灭有余声。

怅望遥天外,乡愁满目生。

①嘹唳:响亮凄清的鸣声。陶宏景《寒夜怨》诗:"夜云生,夜鸿鸣,凄切嘹唳伤夜情"。

②塞:边塞。古有雁塞,在梁州,见南齐刘澄之《梁州记》。后泛指北方边塞。

③怜:一本作"怯"。

赏 析

其写秋空征雁,绘声绘影,情状逼真,诚如李因培《唐诗观澜集》所评:"得其状,兼肖其神。"钱仲文描摹鸿雁,堪称擅场。其《归雁》一绝,清新俊逸,玉润珠圆,为古今所传诵。集中咏及雁者颇多,且不乏佳句,如"客心湖上雁,归思日边花"(《登复州南楼》),"一叶兼萤度,孤云带雁来"(《和万年

成少府寓直》)，"回云随去雁，寒露滴鸣蛩"(《晚次宿预馆》)，"片月临阶早，晴河度雁高"(《秋夜寄袁中丞王员外》)，"雁路常连雪，沙飞半渡河"(《送萧常侍北使》)，"去家随旅雁，几日到南荆"(《适楚次徐城》)，等等，类皆善于以雁为意象者。倘以其后之郑鹧鸪(谷)、谢蝴蝶(逸)为例，仲文直堪号曰"钱鸿雁"也。

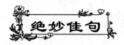

塞长怜去翼，影灭有余声。

作者简介

诗中鸟

　　戎昱(公元744年—800年),荆南(今湖北荆沙)人,一说扶风(今陕西兴平)人。其诗风流绮丽,不亏政化,而气格卑弱,实启晚唐。然在当世,喧传翰苑,名噪一时,自有其动人之处也。

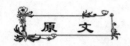

移家①别湖上亭

好是②春风湖上亭,柳条藤蔓系离情。

黄莺久住浑③相识,欲别频啼四五声。

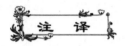

①移家:搬家。

②好是:最好的是。

③浑:全部。

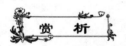

这首诗作于搬家时,抒写对故居一草一木依恋难舍的深厚感情。全诗是说,春风骀荡,景色宜人,我来辞别往日最喜爱的湖上亭。微风中,亭边柳条、藤蔓轻盈招展,仿佛是伸出无数多情的手臂牵扯我的衣襟,不让我离去。这情景真叫人愁牵恨惹,不胜留恋;住了这么久了,亭边柳树枝头的黄莺,也跟我是老相识了。在这即将分离的时刻,别情依依,鸣声悠悠,动人心弦,使人久久难于平静⋯⋯

诗人采用拟人化的表现手法,创造了这一童话般的意境。诗中的一切,无不具有生命,带有情感。这是因为戎昱对湖上亭的一草一木是如此深情,以致在他眼里不只是自己不忍与柳条、藤蔓、黄莺作别,柳条、藤蔓、黄莺也像他一样无限痴情,难舍难分。他视花鸟为挚友,达到了物我交融、彼此两忘的地步,故能忧乐与共,灵犀相通,发而为诗,才能出语如此天真,诗趣这般盎然。

这首诗的用字,非常讲究情味。用"系"字抒写不忍离去之情,正好切合柳条、藤蔓修长的特点,又符合春日和风拂拂的情景,不啻是天造地设。这种拟人化的写法为后人广泛采用。宋人周邦彦"长条故惹行客,似牵衣待话,别情无极",王实甫《西厢记》"柳丝长,玉骢难系""柳丝长,咫尺情牵惹"等以柳条写离情,都是与这句诗的写法一脉相承的。"啼"字既指黄莺的啼叫,也容易使人联想到辞别时离人伤心的啼哭。一个"啼"字,兼言情景两面,而且体物传神,似有无穷笔力,正是斫轮老手的高妙之处。

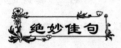

黄莺久住浑相识,欲别频啼四五声。

作者简介

刘禹锡(公元 772 年—842 年)唐文学家、哲学家。字梦得,洛阳(现在属河南省)人,自言系出中山(现在河北省定州市)。贞元进士,又登博学宏词科。授监察御史,参加王叔文集团,反对宦官和藩镇割据势力。失败后,贬朗州司马,迁连州刺史。后以裴度力荐,任太子宾客,加检校礼部尚书,世称刘宾客。和柳宗元交谊浪深,人称"刘柳",晚年与白居易唱和甚多,并称"刘白"。其诗通俗清新,善用比兴寄托手法。《竹枝词》《杨柳枝词》和《插田歌》等组诗,富有民歌特色,为唐诗中别开生面之作。为文长于说理。又通医学。重要哲学著作《无论》三篇,提出"大与人交相胜""还相用"的学说。认为自然的职能在于"生万物",人的职能在于"治万物",驳斥了当时的"因果报应"论和"天人感应"说。还提出任何事物都不能"逃乎数而越乎势"的命题。后期对佛教思想表现了妥协。有《刘梦得文集》。

文学常识丛书

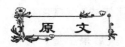

乌衣巷

朱雀桥①边野草花,乌衣巷口夕阳斜。

旧时王谢②堂前燕,飞入寻常百姓家。

①朱雀桥:秦淮河上的桥名。

②王谢:东晋王导,谢安诸豪族皆住乌衣巷。

诗中鸟

83

这首诗内在的怨伤情绪是很浓重的,但在表现的方式上,却采用了缓和的口气,"温柔敦厚","哀而不伤",自是五言古诗的正声。

这是刘禹锡《金陵五题》的第二首。乌衣巷地处金陵南门朱雀桥附近,为东晋王导、谢安等世家巨族聚居之处。头二句以此桥名、巷名为对,实在是妙手天成。妙对更妙在不落痕迹地融入了诗人对世界的感觉:夕阳斜矣,暮气逼人,在这种冷情调中,野草撒野地开花,似乎在以鲜丽的颜色和蓬勃的生机,反讽着世事的变迁。又似乎在以自由的生命,暗示着曾经繁华盖世的这片地方,已是门庭冷落,车马稀疏,荒草没径了。妙处是没有尽头的,因为妙处可以改变方向和方式,甚至把原先的妙处变作新的妙处的背景。诗人一点灵感，借一只燕子阅尽世事沧桑。晋朝傅咸《燕赋序》说："有言燕今年巢此，明年故复来者。其将逝，剪爪识之。其后果至焉。"诗中正是抓住燕子有辨认和复归旧巢的本能，从有理中写出无理，从无理中隐含深理。四百年前王谢堂前的旧燕，不可能那么长寿、也不可能代代相续地飞回原地方。但诗可以凝缩时间，使不可能成为可能。它奇思……

　　读这首诗，我总感到，刘禹锡不仅是个大诗人，还是一个大画家。他笔触所到之处，不是平铺直叙的直白议论，而是一幅幅生动的图画。虽然史传上并无刘禹锡画作的记载，但《乌衣巷》分明就是一幅用诗的语言，精心营造的沧桑历史的变迁图。

　　诗人对画面的精心营造，首先表现在对所描绘景象的选择上。诗的前两句，简洁地勾画了桥、巷、花、草和夕阳五种景物。仅从字面，似乎看不出诗中对某一景象描绘的侧重，但是，只要把这些景象组成一幅完整有机的画面时，就不难发现，诗人对"夕阳"是一种潜在的、有意识的精心选择。

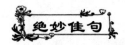

绝妙佳句

　　旧时王谢堂前燕，飞入寻常百姓家。

作者简介

　　柳宗元(公元 773 年—819 公元),字子厚,河东(今山西永济)人。贞元年间进士及第,复中博学宏辞,授集贤院正字。调蓝田尉,迁监察御史里行。顺宗即位,任礼部员外郎,参预政治革新。不久宪宗继位,废新政,打击革新派。被贬为永州司马,十年后召还长安,复出为柳州刺史。病逝于柳州。与韩愈发起古文运动,为一代古文大家,世称"韩柳"。其诗得《离骚》余意,常于自然景物之中寄托幽思,纤秾而归于淡泊,简古而含有至味。成就不及散文,却能独具特色。

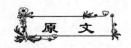

笼鹰词

凄风①淅沥②飞严霜③，苍鹰上击翻④曙光。

云披⑤雾裂⑥虹蜺⑦断，霹雳⑧掣电⑨捎⑩平冈⑪。

砉然⑫劲翮⑬剪荆棘，下攫⑭狐兔腾苍茫⑮。

爪毛吻⑯血百鸟逝⑰，独立四顾⑱时激昂。

炎风⑲溽暑⑳忽然至，羽翼脱落自摧藏㉑。

草中狸㉒鼠足为患㉓，一夕十顾㉔惊且伤。

但愿清商㉕复为假㉖，拔㉗去万累㉘云间翔。

文学常识丛书

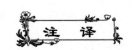

①凄风：寒冷的风，指秋风。

②淅沥(xī lì)：形容风声。

③严霜：寒霜。

④翻：飞动。

⑤披：劈开。

⑥裂：冲破。

⑦虹蜺(ní)：彩虹。

⑧霹雳：劈雷。

⑨掣(chè)电：闪电。

⑩捎：掠过。

⑪平冈：平地上突起的山冈。

⑫砉(huā)然：形容迅速动作发出的声音。

⑬劲翮(hé)：有力的翅膀。

⑭攫(jué)：抓取。

⑮苍茫：指天空。

⑯吻：指嘴。

⑰逝：去，逃避。

⑱四顾：向四周察看。

⑲炎风：夏天的炎热。

⑳溽(rù)暑：湿热的夏季。

㉑摧藏：指羽毛凋残，只能敛翼。

㉒狸：野猫。

㉓患：祸害。

㉔一夕十顾：夜间不断的张望。

㉕清商：借指秋天。商，古代乐器中五音之一。古人以为商音凄切，是秋天的声音。

㉖假：凭借。

㉗拔：排去。

㉘万累：一切束缚。

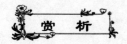
赏 析

这首诗以苍鹰为比喻，抒发作者当年参与革新政治活动的壮志豪情，

以及失败后受到摧残迫害的悲愤。他渴望着"拔去万累云间翔",还有机会
实现他的抱负。

爪毛吻血百鸟逝,独立四顾时激昂。

作者简介

　　杜牧(公元 803 年—852 年),字牧之,京兆万年(今陕西西安)人。唐代诗人。杜牧是宰相杜佑之孙,二十六岁时考中进士,任弘文馆校书郎。不久,任江西、宣歙、淮南等节度使幕僚,以后历任监察御史、司勋员外郎及黄州、池州、睦州、湖州刺史,终中书舍人。杜牧对政治、军事都有颇为卓著的见识,曾联系时事研经读史,注《孙子兵法》,可惜不为统治者所用。杜牧擅长诗文,力倡"文以意为主"之论。诗风豪爽清丽,尤工绝句。后人为了区别于杜甫,称其为小杜,又为了区别于李白、杜甫,称杜牧与李商隐为小李杜,足见杜牧在文学史上的地位。

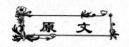

早 雁

金河①秋半虏弦②开,云外惊飞四散哀。

仙掌③月明孤影过,长门④灯暗数声来。

须知胡骑⑤纷纷在,岂逐春风一一回。

莫厌潇湘⑥少人处,水多菰米⑦岸莓苔⑧。

注 译

①金河:又名金川,金名大黑河,流经内蒙中部,在托克托境入黄河。王维《从军行》:"笳悲马嘶乱,争渡金河水"。

②虏弦:指塞外胡人的弓箭。此喻指北方回鹘乌介可汗之入侵。

③仙掌:汉武帝于神明台作承露台。立仙人舒掌以接甘露。《三辅故事》:"建章宫承露盘高二十丈,大七围,以铜为之,上有仙人掌承露。"

④长门:长门宫。陈皇后失宠于汉武帝,别居长门宫。见司马相如《长门赋序》。

⑤胡骑:胡人铁骑,此指南侵之回鹘骑兵。

⑥潇湘:潇水与湘水,泛指今湖南。古人以为雁至今湖南衡阳回雁泽即北返。

⑦菰米:亦作"菰米",菰的果实,又名雕胡,可食。《礼记·内则》"菰食稚羹,孔颖达疏:"以菰米为饭,以稚为羹。"

⑧莓苔：青苔。晋孙绰《天台山赋》："践莓苔之滑石，搏壁立之翠屏。"

赏析

唐武宗会昌二年(公元842年)八月，北方少数民族回鹘乌介可汗率众向南骚扰。北方边地各族人民流离四散，痛苦不堪。杜牧当时任黄州刺史，听到这个消息，对边地人民的命运深为关注。八月是大雁开始南飞的季节，诗人目送征雁，触景感怀，因以"早雁"为题，托物寓意，以描写大雁四散惊飞，喻指饱受骚扰、流离失所的边地人民而寄予深切同情。

首联想象鸿雁遭射四散的情景。金河，在今内蒙古自治区呼和浩特市南，这里泛指北方边地。"虏弦开"，是双关挽弓射猎和发动军事骚扰活动。这两句生动地展现出一幅边塞惊雁的活动图景：仲秋塞外，广漠无边，正在云霄展翅翱翔的雁群忽然遭到胡骑的袭射，立时惊飞四散，发出凄厉的哀鸣。"惊飞四散哀"五个字，从情态、动作到声音，写出一时间连续发生的情景，层次分明而又贯串一气，是非常真切凝练的动态描写。

颔联续写"惊飞四散"的征雁飞经都城长安上空的情景。汉代建章宫有金铜仙人舒掌托承露盘，"仙掌"指此。清凉的月色映照着宫中孤耸的仙掌，这景象已在静谧中显出几分冷寂；在这静寂的画面上又飘过孤雁缥缈的身影，就更显出境界之清寥和雁影之孤孑。失宠者幽居的长门宫，灯光黯淡，本就充满悲愁凄冷的气氛，在这种氛围中传来几声失群孤雁的哀鸣，就更显出境界的孤寂与雁鸣的悲凉。"孤影过""数声来"，一绘影，一写声，都与上联"惊飞四散"相应，写的是失群离散、形单影只之雁。两句在情景的描写、气氛的烘染方面，极细腻而传神。透过这幅清冷孤寂的孤雁南征图，可以隐约感受到那个衰颓时代悲凉的气氛。诗人特意使惊飞四散的征雁出现在长安宫阙的上空，似乎还隐寓着委婉的讽慨。它让人感到，居住

91

诗中鸟

在深宫中的皇帝,不但无力、而且也无意拯救流离失所的边地人民。月明灯暗,影孤啼哀,整个境界,正透出一种无言的冷漠。

颈联又由征雁南飞遥想到它们的北归,说如今胡人的骑兵射手还纷纷布满金河一带地区,明春气候转暖时节,你们又怎能随着和煦的春风一一返回自己的故乡呢?大雁秋来春返,故有"逐春风"而回的设想,但这里的"春风"似乎还兼有某种比兴象征意义。据《资治通鉴》载,回鹘侵扰边地时,唐朝廷"诏发陈、许、徐、汝、襄阳等兵屯太原及振武、天德,俟来春驱逐回鹘"。朝廷上的"春风"究竟能不能将流离异地的征雁吹送回北方呢?大雁还在南征的途中,诗人却已想到它们的北返;正在哀怜它们的惊飞离散,却已想到它们异日的无家可归。这是对流离失所的边地人民无微不至的关切。"须知""岂逐",更像是面对边地流民深情嘱咐的口吻。两句一意贯串,语调轻柔,情致深婉。这种深切的同情,正与上联透露的无言的冷漠形成鲜明的对照。

这是一首托物寓慨的诗。通篇采用比兴象征手法,表面上似乎句句写雁,实际上,它句句写时事,句句写人。风格婉曲细腻,清丽含蓄。而这种深婉细腻又与轻快流走的格调和谐地统一在一起,在以豪宕俊爽为主要特色的杜牧诗中,是别开生面之作。

绝妙佳句

金河秋半虏弦开,云外惊飞四散哀。

仙掌月明孤影过,长门灯暗数声来。

作者简介

　　李群玉(约公元813年—约860年)唐代诗人。字文山。澧州(今湖南澧县)人。性情淡泊,一度应进士举,不第,即弃去。裴休为湖南观察使时,对他浪器重,并加延致。大中八年(公元854年)游长安,上表献诗300篇。其时裴休为宰相,荐授宏文馆校书郎。不久,弃官回乡。

　　李群玉早岁即有诗名,好吹笙,擅草书。和杜牧、段成式等均有注来,与方干酬唱最密。《进诗表》中自云:"以居佳沅、湘,宗师屈、宋,枫江兰浦,荡思摇情。"可见其情趣。诗中多咏湘中风物名胜,七津《黄陵庙》最为著称,五古《湘西寺霁夜》写景如画,亦属佳作。其他如七津《九子坂闻鹧鸪》之"正穿诘曲崎岖路,更听钩格磔声",七古《人日梅花病中作》之"玉鳞寂寂飞斜月,素艳亭亭对夕阳"等句,颇为历来传诵。其诗风格清丽,含思深婉,别具幽芳冷艳之致。《唐摭言》称其"诗篇妍丽,才力遒健"。清初贺裳《载酒园诗话》谓"文山晷生晚唐,不染轻靡僻涩之习",给予较高评价。但作品大多缺乏深刻的社会内容,反映现实不广。

　　著有《李群玉诗集》3卷,《后集》5卷。事迹见《唐诗纪事》及《唐才子传》

九子坂闻鹧鸪①

落照苍茫秋草明,鹧鸪啼处远人行。

正穿屈曲崎岖路,更听钩辀格磔②声。

曾泊桂江③深岸雨,亦于梅岭④阻归程。

此时为尔肠千断,乞放今宵白发生。

注 译

①九子坂:一作"九子坡"。未详所在。

②钩辀格磔:鹧鸪鸣声。

③桂江:即漓江,在今广西境内。入临广西称桂江。

④梅岭:即大庾岭。古时岭上多梅,故称梅岭。

赏 析

写旅途之险恶,心情之愁苦,全由鹧鸪作映衬。读来似觉毛骨悚然,况崎岖山路鹧鸪声中之夜行人乎!真乃"行不得也哥哥"!景生情,情生景,情景浑然一片。金圣叹《贯华堂选批唐才子诗》以为"真为绝世才子之笔"。

绝妙佳句

落照苍茫秋草明,鹧鸪啼处远人行。

文学常识丛书

作者简介

　　李商隐(公元813年—858年),字义山,号玉谿生,怀州河内
(今河南省沁阳县)人,晚唐诗人,与杜牧齐名。在词采华艳这一
点上,与温庭筠接近,后世又称"温李"。初为牛党令狐楚赏识,被
表为巡官。开成二年,因令狐楚之子令狐绹荐,中进士。调弘农
尉。李党王茂元镇河阳,爱其才,表为掌书记。后商隐与王女结
婚。这行为被牛党视为"背主、忘恩"。从此他一生处在牛李党争
的漩涡里,无法摆脱,郁郁不得志。开始,他屡遭打击,但还有热
情,反对宦官和藩镇势力,想有所作为。及李德裕为相,朝政有些
起色,他也比较积极。后来牛党上台,政治上倒行逆施,他再次受
到排挤,到桂州、涂州、梓州等地做幕僚,最后在郑州抑郁而死。
他的思想基本属于儒家,但看重实用,对儒学有一定批判精神,认
为不必规规然以孔子为师,不必以"能让"为贤等。他还有佛道思
想,主张以"自然"为祖。《全唐诗》编其诗三卷。诗长于七津,有
杜甫的沉郁。长篇政治诗《行次西郊作一百韵》是摹仿杜甫的《北
征》,追溯历史,揭露腐败,带有总结教训的性质。《韩碑》则学韩
愈《石鼓歌》,对宪宗朝平定淮西叛乱予以赞美。他的《咏史》《有
感》《重有感》《茂陵》《马嵬》《隋宫》《贾生》等,或直接、或借咏古来
批评时事,讽刺意味极浓烈。《安定城楼》表现抱负、胸襟,驳斥小
人对自己的猜忌、诬蔑,其中"永忆江湖归白发,欲回天地入扁舟"

二句为王安石所赏。《哭刘蕡》是控诉小人对故友的迫害。《登乐游原》等诗带有感伤色彩。最能表现其特色的是爱情诗,典丽精工、意境朦胧。写了不少《无题》诗,哪些只写爱情,哪些别有寄托,很难断定。《锦瑟》诗号称难解,也有人认为是感叹身世之作。《夜雨寄北》却意思明朗,感情真挚。生平详见《新唐书》卷203。有《玉谿生诗集》和《樊南文集》。

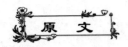

蝉

本①以高难饱②，徒劳恨费声③。

五更④疏欲断⑤，一树碧无情⑥。

薄宦⑦梗犹泛⑧，故园⑨芜已平⑩。

烦⑪君⑫最相警⑬，我亦举家清⑭。

97

①本：本来。

②以高难饱：古人认为蝉栖高树，是餐风饮露的，因此把蝉当作高洁的象征。

③费声：枉费鸣声。

④五更：指天快亮时。

⑤疏欲断：是说蝉长夜悲鸣，到天亮时，已力竭声嘶，稀疏到要断绝了。

⑥碧无情：是说蝉在树上哀鸣而苍翠的树色依然如故，毫不动情。

⑦薄宦：卑微的官职。

⑧梗犹泛：喻指行踪漂泊无定。梗，树枝。泛，漂浮。

⑨故园：故乡。

⑩芜已平：是说丛生的杂草，快要把故园平没了。

⑪烦：劳，麻烦。

⑫君:只蝉。

⑬最相警:最能使人警觉。

⑭举家清:全家清苦。

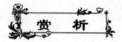

这是作者一首著名的咏物诗。诗人通过咏蝉寄予自己的身世情怀。

诗的前四句咏蝉,实则自鸣不平;后四句直抒胸臆,把自己的命运和蝉联系在一起。诗以蝉起,又以蝉结,章法严密,物态的精细刻画与情意的婉转表述达到了浑然交融与统一,确是托物咏怀的名作。

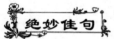

薄宦梗犹泛,故园芜已平。

烦君最相警,我亦举家清。

无　题

相见时难①别亦难②，东风③无力百花残④。

春蚕到死丝方尽，蜡炬成灰泪始干⑤。

晓镜⑥但愁⑦云鬓⑧改⑨，夜吟⑩应觉月光寒⑪。

蓬山⑫此去无多路，青鸟⑬殷勤为探看⑭。

诗中鸟

①相间时难：彼此没有机会见面。

②别亦难：分别时的痛苦心情更加难堪。

③东风：春风。

④残：调残。

⑤蜡炬：蜡烛，燃时蜡油流溢，称蜡泪。泪：双关语，既指烛泪，又指相思之泪。

⑥晓镜：早晨梳妆照镜。

⑦但愁：只愁。

⑧云鬓：形容青年女子轻软如云的鬓发。

⑨改：指容颜变的憔悴。

⑩夜吟：夜晚吟咏相思之诗。

⑪月光寒：指情人在月下相思长吟而感凄怜。

⑫蓬山:蓬莱山,指为海中仙山之地,这里借指对方的住处。

⑬青鸟:传说中为西王母传递信息的神鸟,这里借指信使。

⑭探看:探望,慰问。

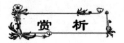

赏 析

这首诗写作者在恋爱的重重险阻中,表示对爱情的热烈追求至死不变,也想象对方因日夜相思而形容憔悴,所以在绝望中依然寄托着微茫的希望。

首句以极为沉痛的心情来写伤别。由于一种不可抗拒的原因,诗人不得不和倾心爱慕的姑娘分手。但后会难期,一种难言的痛苦涌塞心头,所以句中连用两"难"字。"相见时难别亦难",从这一句诗中,可以想见他们的爱情不为社会所容,而受到种种波折和阻碍。次句点明分别的时间和环境,以东风无力、百花凋残来象征美好爱情的结束,字里行间蕴蓄着惆怅哀怨之情。第二联是千古传诵的名句,是诗人一往情深,至死不渝的爱情的真诚表露。第三联诗人转换笔锋,飞驰想象,描写对方分别后的孤独凄寂。最后两句写诗人不顾一切阻隔,寄希望于"青鸟",期望能互通音讯,以慰朝思暮想的痴情。

全诗结构严密,层次清晰,用比新妙,形象鲜明。整篇以"别亦难"贯穿,又以"别"展开描写,浑然一体。

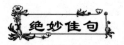

绝妙佳句

蓬山此去无多路,青鸟殷勤为探看。

作者简介

郑谷,字守愚,袁州人。光启三年擢第,官右拾遗,历都官郎中。幼即能诗,名盛唐末。有《云台编》三卷,《宜阳集》三卷,《外集》三卷,今编诗四卷。

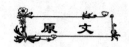

鹧 鸪①

暖戏烟芜②锦翼齐,品流应得近山鸡③。

雨昏青草湖④边过,花落黄陵庙⑤里啼。

游子乍闻征袖湿,佳人才唱翠眉低。

相呼相应湘江阔,苦竹⑥丛深日向西。

注 译

①鹧鸪:晋崔豹《古今注》:"南山有鸟,名鹧鸪,自呼其名,常向日而飞。畏霜露,早晚希出。"

②暖戏烟芜:明陈琏《罗浮志》:"遇暖则相对而啼,谓之山鸪。"

③山鸡:形似雉,传说爱其羽毛,常照水而舞。

④青草湖:古与洞庭分为两湖,今合而为一,在今湖南。

⑤黄陵庙:在今湖南湘阴之北。《水经注·湘水》:"湖水西流经二妃庙南,世谓之黄陵庙也。言大舜之陟方也,二妃从征,溺于湘江。……故民为立祠为水侧焉。"

⑥苦竹:杆矮而节长,味苦不中食。李白《山鹧鸪词》:"苦竹岭头秋月辉,苦竹南枝鹧鸪飞。"

赏 析

晚唐诗人郑谷,"尝赋鹧鸪,警绝"(《唐才子传》),被誉为"郑鹧鸪"。可见这首鹧鸪诗是如何传诵于当时了。

鹧鸪,产于我国南部,形似雌雉,体大如鸠。其鸣为"钩辀格磔",俗以为极似"行不得也哥哥",故古人常借其声以抒写逐客流人之情。郑谷咏鹧鸪不重形似,而着力表现其神韵,正是紧紧抓住这一点来构思落墨的。

开篇写鹧鸪的习性、羽色和形貌。鹧鸪"性畏霜露,早晚希出"(崔豹《古今注》)。"暖戏烟芜锦翼齐",开首着一"暖"字,便把鹧鸪的习性表现出来了。"锦翼"两字,又点染出鹧鸪斑斓醒目的羽色。在诗人的心目中,鹧鸪的高雅风致甚至可以和美丽的山鸡同列。在这里,诗人并没有对鹧鸪的形象做工雕细镂的描绘,而是通过写其嬉戏活动和与山鸡的比较做了画龙点睛式的勾勒,从而启迪人们丰富的联想。

首联咏其形,以下各联咏其声。然而诗人并不简单地摹其声,而是着意表现由声而产生的哀怨凄切的情韵。青草湖,即巴丘湖,在洞庭湖东南;黄陵庙,在湘阴县北洞庭湖畔。传说帝舜南巡,死于苍梧。二妃从征,溺于湘江,后人遂立祠于水侧,是为黄陵庙。这一带,历史上又是屈原流落之地,因而迁客流人到此最易触发羁旅愁怀。这样的特殊环境,已足以使人产生幽思遐想,而诗人又蒙上了一层浓重伤感的气氛:潇潇暮雨、落红片片。荒江、野庙更着以雨昏、花落,便形成了一种凄迷幽远的意境,渲染出一种令人魂消肠断的氛围。此时此刻,畏霜露、怕风寒的鹧鸪自是不能嬉戏自如,而只能愁苦悲鸣了。然而"雨昏青草湖边过,花落黄陵庙里啼",反复吟咏,似又象游子征人涉足凄迷荒僻之地,聆听鹧鸪的声声哀鸣而黯然伤神。鹧鸪之声和征人之情,完全交融在一起了。这二句之妙,在于写出了鹧鸪的神韵。作者未拟其声,未绘其形,而读者似已闻其声,已睹其形,

103

诗中鸟

并深深感受到它的神情风韵了。对此,沈德潜赞叹地说:"咏物诗刻露不如神韵,三四语胜于'钩辀格磔'也。诗家称郑鹧鸪以此"(《唐诗别裁》),正道出这两句诗的奥秘。

五、六两句,看来是从鹧鸪转而写人,其实句句不离鹧鸪之声,承接相当巧妙。"游子乍闻征袖湿",是承上句"啼"字而来,"佳人才唱翠眉低",又是因鹧鸪声而发。佳人唱的,无疑是《山鹧鸪》词,这是仿鹧鸪之声而作的凄苦之调。闺中少妇面对落花、暮雨,思念远行不归的丈夫,情思难遣,唱一曲《山鹧鸪》吧,可是才轻抒歌喉,便难以自持了。诗人选择游子闻声而泪下,佳人才唱而蹙眉两个细节,又用"乍""才"两个虚词加以强调,有力地烘托出鹧鸪啼声之哀怨。在诗人笔下,鹧鸪的啼鸣竟成了高楼少妇相思曲、天涯游子断肠歌了。在这里,人之哀情和鸟之哀啼,虚实相生,各臻其妙;而又互为补充,相得益彰。

最后一联:"相呼相应湘江阔,苦竹丛深日向西。"诗人笔墨更为浑成。"行不得也哥哥"声声在浩瀚的江面上回响,是群群鹧鸪在低回飞鸣呢,抑或是佳人游子一"唱"一"闻"在呼应?这是颇富想象的。"湘江阔""日向西",使鹧鸪之声越发凄唳,景象也越发幽冷。那些怕冷的鹧鸪忙于在苦竹丛中寻找暖窝,然而在江边踽踽独行的游子,何时才能返回故乡呢?终篇宕出远神,言虽尽而意无穷,透出诗人那沉重的羁旅乡思之愁。清代金圣叹以为末句"深得比兴之遗"(《圣叹选批唐才子诗》),这是很有见地的。诗人紧紧把握住人和鹧鸪在感情上的联系,咏鹧鸪而重在传神韵,使人和鹧鸪融为一体,构思精妙缜密,难怪世人誉之为"警绝"了。

绝妙佳句

雨昏青草湖边过,花落黄陵庙里啼。

作者简介

　　司空图(公元 837 年—908 年),字表圣,河中虞乡(今山西永济)人。咸通十年进士及第,佐宣歙观察使幕。召拜殿中侍御史,以迟留故,贬光禄寺主簿分司东都。召拜礼部员外郎,寻迁郎中。僖宗朝,召知制诰,拜中书舍人。归隐中条山王官谷。昭宗时,拜谏议大夫,召为兵部侍郎,均不赴,以疾辞。自号"知非子""耐辱居士"。唐亡之明年,不食扼腕,呕血而卒。诗文高雅,尤善论诗,以为诗之美常在酸咸之外。自论其诗,谓味外之意。观其平淡典雅,格韵清妙,犹存大历遗风。

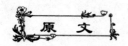

退　栖①

宦游②萧索③为无能，移住中条最上层。

得剑乍如添健仆，亡书久似失良朋。

燕昭不是空怜马，支遁何妨亦爱鹰。

自此致身绳检④外，肯教世路日兢兢⑤。

①退栖：引退、隐居。

②宦游：外出做官。

③萧索：指心情抑郁。

④绳检：约束，多指世俗礼法之束缚。

⑤兢兢：小心，谨慎。

表圣之"退栖"，时世使然也。身当乱世，自感无力挽唐室之颓运，故避地于中条山王官谷，非真超脱尘俗而入于清静之境也。颈联"燕昭不是空怜马"，细味之，似有感于昭宗之征召也。然终以足疾辞，是避世路之兢兢也。其进退出处之决择，充满矛盾心理，全在诗中流露出来。颔联"得剑乍如添健仆,亡书久似失良朋",堪称名句,以其善比也,且表现出乱世士人之心理,故佳。张世炜《唐七律隽》谓其"有柴桑之高致",非也。表圣之忧患,岂得如渊明之恬淡!

绝妙佳句

燕昭不是空怜马,支遁何妨亦爱鹰。

作者简介

崔涂(公元854年—?),字礼山,江南(约今浙江桐庐、建德一带)人。光启四年(公元888年)进士及第。约昭宗天复初尚在世。家在江南,壮游巴蜀,中客湘鄂,老上秦陇。诗多纪游之作,工写景述怀,尽是羁愁别恨,音调低沉,然意味俱远,大名不虚。

孤 雁

几行①归塞②尽,念尔③独何之④?

暮雨相呼失⑤,寒塘欲下迟⑥。

渚⑦云低暗度,关月⑧冷相随。

未必逢矰缴⑨,孤飞自可疑⑩。

①行:指排列成行的飞雁。

②塞:边塞。

③尔:你,指失群的孤雁。

④独何之:你将孤独的飞往哪里呢

⑤相呼之:指失群的孤雁在暮雨中独飞悲鸣。

⑥欲下迟:指孤雁想落下寒塘栖息而又迟疑不决。

⑦渚:水中小洲。渚云,小洲上的云霭。

⑧关月:关边上的月亮。

⑨矰缴:一种在绳上系箭射鸟的工具。矰,短箭。缴,系箭的丝绳。

⑩自可疑:毕竟是足可疑虑的。

109

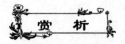

　　这首诗题名《孤雁》，全篇皆实赋孤雁，"诗眼"就是一个"孤"字。一个"孤"字将全诗的神韵、意境凝聚在一起，浑然天成。

　　为了突出孤雁，首先要写出"离群"这个背景。所以诗人一开头便说："几行归塞尽，念尔独何之？"作者本是江南人，一生中常在巴、蜀、湘、鄂、秦、陇一带做客，多天涯羁旅之思。此刻想是站在驿楼上，极目远望：只见天穹之下，几行鸿雁，展翅飞行，向北而去。渐渐地，群雁不见了，只留下一只孤雁，在低空盘旋。

　　我们从"归塞"二字，可以看出雁群是在向北，且又是在春天；因为只有在春分以后，鸿雁才飞回塞外。这两句中，尤应注意一个"行"字，一个"独"字。有了"行"与"独"作对比，孤雁就突现出来了。"念尔"二字，隐蕴诗人同情之心。古人做诗，往往托物寓志，讲究寄兴深微。

　　"念尔"句写得很妙，笔未到而气已吞，隐隐地让一个"孤"字映照通体，统摄全局。"独何之"，则可见出诗人这时正羁留客地，借孤雁以写离愁。

　　领联"暮雨相呼失，寒塘欲下迟"，是全篇的警策。第三句是说失群的原因，第四句是说失群之后仓皇的表现，既写出当时的自然环境，也刻画出孤雁的神情状态。时间是在晚上，地点是在寒塘。暮雨苍茫，一只孤雁在空中嘹嘹呖呖，呼寻伙伴。那声音是够凄厉的了。它经不住风雨的侵凌，再要前进，已感无力，面前恰有一个芦叶萧萧的池塘，想下来栖息，却又影单心怯，几度盘旋。那种欲下未下的举动，迟疑畏惧的心理，写得细腻入微。

　　可以看出，作者是把自己孤凄的情感熔铸在孤雁身上了，从而构成一个统一的艺术整体，读来如此逼真动人。诚如近人俞陛云所说："如庄周之以身化蝶，故入情入理，犹咏鸳鸯之'暂分烟岛犹回首，只渡寒塘亦并飞'，替鸳鸯着想,皆妙入毫颠也。"(《诗境浅说》)颈联"渚云低暗度,关月冷相随",是承颔联而来,写孤雁穿云随月,振翅奋飞,然而仍是只影无依,凄凉寂寞。

"渚云低"是说乌云逼近洲渚,对孤雁来说,便构成了一个压抑的、恐怖的氛围,孤雁就在那样惨淡的昏暗中飞行。这是多么令人担忧呵!这时作者是在注视并期望着孤雁穿过乌云,脱离险境。

"关月",指关塞上的月亮,这一句写想象中孤雁的行程,虽非目力所及,然而"望尽似犹见",倾注了对孤雁自始至终的关心。这两句中特别要注意一个"低"字,一个"冷"字。月冷云低,衬托着形单影只,就突出了行程的艰险,心境的凄凉;而这都是紧紧地扣着一个"孤"字。唯其孤,才感到云低的可怕;惟其只有冷月相随,才显得孤单凄凉。

诗篇的最后两句,写了诗人的良好愿望和矛盾心情。"未必逢矰缴,孤飞自可疑",是说孤雁未必会遭暗箭,但孤飞总使人易生疑惧。从语气上看,象是安慰之词——安慰孤雁,也安慰自己;然而实际上却是更加担心了。因为前面所写的怕下寒塘、惊呼失侣,都是惊魂未定的表现,直到此处才点明惊魂未定的原因。

一句话,是写孤雁心有余悸,怕逢矰缴。诗直到最后一句"孤飞自可疑",才正面拈出"孤"字,"诗眼"至此显豁通明。诗人漂泊异乡,世路峻险,此诗以孤雁自喻,表现了他孤凄忧虑的羁旅之情。

渚云低暗度,关月冷相随。

未必逢矰缴,孤飞自可疑。

作者简介

　　沈如筠，唐诗人，润州句容人。约生活于武后至玄宗开元时，善诗能文，又著有志怪小说。曾任横阳主簿。与著名道士司马承祯友善，有《寄天台司马道士》诗。殷璠汇集包融、储光羲、殷遥、丁仙芝等十八人诗为《丹阳集》，其中包括沈如筠。已佚。《全唐诗》录存其诗四首，断句两联。以《闺怨》较好。名句"愿随孤月影，流照伏波营"，沈德潜谓与沈佺期"可怜闺里月，偏照汉家营"同妙。沈如筠还著有《异物志》《古异记》，均已佚。

文学常识丛书

闺 怨

雁尽书难寄,愁多梦不成。

愿随孤月影,流照①伏波营②。

诗中鸟

①流照:遍照。

②伏波营:东汉伏波将军马援曾南征交趾。天宝年间,唐军讨伐南诏国(在今云南),所以诗中用汉朝扎在南方的"伏波营",代指唐讨伐南诏的军营,交趾和南诏,都在南方。

113

赏 析

这是一个皓月当空的夜晚,丈夫戍守南疆,妻子独处空闺,想象着凭借雁足给丈夫传递一封深情的书信;可是,春宵深寂,大雁都回到自己的故乡去了,断鸿过尽,传书无人,此情此景,更添人愁绪。诗一开头,就用雁足传书的典故来表达思妇想念征夫的心情,十分贴切。"书难寄"的"难"字,细致地描状了思妇的深思遐念和倾诉无人的隐恨。正是这无限思念的愁绪搅得她难以成寐,因此,想象着借助梦境与亲人作短暂的团聚也不可能。"愁多",表明她感情复杂,不能尽言。正因为"愁多","梦"便不成;又因为"梦不成",则愁绪更"多"。思妇"忧愁不能寐,揽衣起徘徊"(古诗《明月何皎皎》),在"出户独彷徨"(同上)之中,举头唯见一轮孤月悬挂天上。"此时相望不相闻,愿逐月华流照君"(张若虚《春江花月夜》),于是她很自然地产生出"愿随孤月影,流照伏波营"的念头了。她希望自己能像月光一样,洒泻到"伏波营"中亲人的身上。"伏波营"借用东汉马援的典故,暗示征人戍守在南方边境。

这首诗为思妇代言,表达了对征戍在外的亲人的深切怀念,写来曲折尽致,一往情深。

其曲折之处表现为层次递进的分明。全诗四句可分为三层,首二句写愁怨,第二句比第一句所表达的感情更深一层。因为,"雁尽书难寄",信使难托,固然令人遗恨,而求之于梦幻聊以自慰亦复不可得,就不免反令人可悲了!三四句则在感情上又进了一层,进一步由"愁"而转为写"解愁",当然,这种幻想,显然是不能成为事实的。这三个层次的安排,就把思妇的内心活动表现得十分细腻、真实。

诗写得情意动人。三四两句尤为精妙,十字之外含意很深。"孤月"之"孤",流露了思妇的孤单之感。但是,明月是可以跨越时空的隔绝,人们可以千里相共的。愿随孤月,流照亲人,写她希望从愁怨之中解脱出来,显出思妇的感情十分真挚。

诗没有单纯写主人公的愁怨和哀伤,也没有仅凭旁观者的同情心来运笔,而是通过人物内心独白的方式,着眼于对主人公纯洁、真挚、高尚的思想感情的描写,格调较高,不失为一首佳作。

愿随孤月影,流照伏波营。

文学常识丛书

作者简介

　　钱惟演(公元962年—1034年)，字希圣，钱塘(今浙江杭州)人。吴越忠懿(yì)王俶(chù)次子，随父降宋，真宗朝历任直秘阁、知制诰、翰林学士、枢密副使等职。仁宗即位，为枢密使，以同平章事(宰相)的头衔出任许(今河南许昌)、陈(今河南淮阳)等州。为人好趋炎附势，多写歌功颂德的文章献于朝廷以邀恩宠，尤善以联姻手段巴结皇室，攫取权利，为时论所鄙薄。初谥"思"，明确其有过而能追悔自新。宋仁宗庆历年间，由其子诉请，改谥"文僖"。

　　钱惟演人品虽不足称，但雅好文辞，自称"平生唯好读书，坐则读经史，卧则读小说，上厕则阅小词，盖未尝顷刻释卷也。"(欧阳修《归田录》卷二)家藏书极富，可与秘阁(国家图书馆)相比。曾参与《册府元龟》的编纂，平生著述也较多，《宋史》本传记载有《典懿集》三十卷。又有《金坡遗事》《奉辰录》等随笔。钱惟演又喜招徕文士，奖掖后进。晚年以枢密使任河南府兼西京(洛阳)留守，欧阳修、梅尧臣等一批青年文士聚集其幕下，诗会文游，颇得其袒护支持。

　　钱惟演是"西昆体"的骨干诗人，当时与杨亿、刘筠齐名。《西昆酬唱集》辑入其近体诗五十四首。与杨亿、刘筠相比，其作诗虽也学李商隐诗歌之词采妍华，但意象不似杨亿那么繁密，语脉则较为清畅,借用杨仆的话说,是偏于"演绎平畅"的,而非"包蕴密致"的,也许是旧王孙的心理作用,情调上也比较接近唐彦谦诗的"清峭感怆"(《宋朝事实类苑》卷三十四)。

文学常识丛书

对竹思鹤

瘦玉①萧萧②伊水③头，风宜清夜露宜秋。

更教仙骥④旁边立，尽是人间第一流。

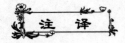

①瘦玉：瘦竹。

②萧萧：风吹树林的声音。

③伊水：水名，发源于河南西部的熊耳山，流经洛阳市南，在今河南偃师附近入洛河。

④仙骥：指鹤。

赏析

天圣九年（1031年）至明道二年（1033年），钱惟演任河南府（今河南洛阳）知府，诗当作于此间。

赞美瘦竹、仙鹤是第一流雅物。陈衍《宋诗精华录》评此诗："有身份，是第一流人语。"就诗论诗，则所见极是，然质诸钱氏为人之实际,不啻霄壤。元好问《论诗三十首》有云:"心画心声总失真,文章宁复见为人",有慨于此类乎。

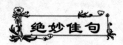

更教仙骥旁边立,尽是人间第一流。

作者简介

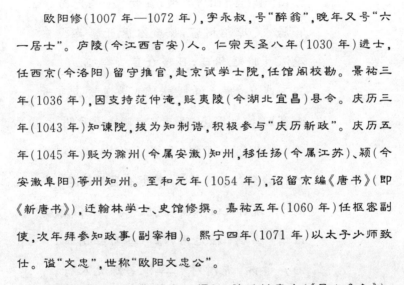

　　欧阳修(1007年—1072年)，字永叔，号"醉翁"，晚年又号"六一居士"。庐陵(今江西吉安)人。仁宗天圣八年(1030年)进士，任西京(今洛阳)留守推官，赴京试学士院，任馆阁校勘。景祐三年(1036年)，因支持范仲淹，贬夷陵(今湖北宜昌)县令。庆历三年(1043年)知谏院，拔为知制诰，积极参与"庆历新政"。庆历五年(1045年)贬为滁州(今属安徽)知州，移任扬(今属江苏)、颍(今安徽阜阳)等州知州。至和元年(1054年)，诏留京编《唐书》(即《新唐书》)，迁翰林学士、史馆修撰。嘉祐五年(1060年)任枢密副使，次年拜参知政事(副宰相)。熙宁四年(1071年)以太子少师致仕。谥"文忠"，世称"欧阳文忠公"。

　　欧阳修是北宋中期的文坛领袖，诗赋似李白(《居士集叙》)。当时的许多著名文人、诗人，不是他的朋友，就是他的学生。宋代文风的变革，新诗风的奠定，都离不开他的努力。嘉祐二年(1057年)，他以翰林学士的身份主持科举考试，凡文风险怪艰涩的都遭其黜落，而文风平实之士多在其选。苏轼、苏辙、曾巩以及理学家张载、程颢等人都是这一年中举，当时号为得人，天下文风为之一变。

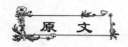

啼 鸟

穷山①候至②阳气③生,百物④如与时节争。

官居⑤荒凉草树密,撩乱红紫开繁英⑥。

花深叶暗耀朝日,日暖众鸟皆嘤鸣。

鸟言我岂⑦解⑧尔⑨意,绵蛮⑩但爱声可听:

南窗睡多春正美,百舌⑪未晓⑫催天明。

黄鹂⑬颜色已可爱,舌端哑咤⑭如娇婴⑮。

竹林静啼⑯青竹笋⑰,深处不见惟⑱闻⑲声。

陂⑳田绕郭㉑白水满,戴胜㉒谷谷㉓催春耕㉔。

谁谓㉕鸣鸠㉖拙无用,雄雌各自知阴晴。

雨声萧萧㉗泥滑滑㉘,草深苔绿无人行。

独有花上提葫芦㉙,劝我沽㉚酒花前倾㉛。

其余百种㉜各嘲哳㉝,异乡殊㉞俗难知名。

我遭谗㉟口身落此㊱,每闻巧舌㊲宜可憎。

春到山城㊳苦寂寞,把盏㊴常恨㊵无娉婷㊶。

花开鸟语辄㊷自醉,醉与花鸟为交㊸朋。

花能嫣然㊹顾我㊺笑,鸟劝我饮非无情。

身闲酒美惜光景㊻,惟恐㊼鸟散花飘零。

可笑灵均㊽楚泽畔㊾,离骚憔悴愁独醒。

注 译

①穷山:这里指滁州(今属安徽)一带的山,宋时滁州各方面尚较落后,所以这样称呼。

②候至:春天来临。候:节候。

③阳气:春天温暖的气息。

④百物:自然界各种生物。

⑤官居:官署,官府所在地。

⑥英:花。

⑦岂:怎能。

⑧解:理解、懂得。

⑨尔:你。

⑩绵蛮:形容鸟叫声

⑪百舌:鸟名,据说它能学各种鸟叫,故名。

⑫未晓:天不亮。

⑬黄鹂:即黄莺。

⑭哑咤(yā zhà):婴儿学说话的声音。

⑮娇婴:娇小可爱的婴儿。

⑯静啼:一作"啼尽"。

⑰青竹笋:鸟名,即竹林鸟。

⑱惟:唯、只。

⑲闻:听到。

⑳陂(bēi)田:水田。

㉑郭:房屋。

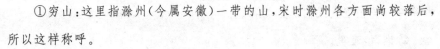

诗中鸟

121

㉒戴胜：鸟名，即布谷鸟。

㉓谷谷：鸟叫声，今写作"咕咕"。

㉔催春耕：布谷鸟在农历三月份叫，这时正是春耕大忙季节，古人认为布谷鸟叫是在催促人们加紧耕种。

㉕谁谓：谁说。

㉖鸣鸠(jiū)：即斑鸠，据说它笨拙的不会做巢，天下雨时，雄鸟就将雌鸟支走。

㉗萧萧：雨声。

㉘泥滑滑：鸟名，又名竹鸡，其叫声听上去就像这三个字的读音。诗人这里巧妙地用来发生意思。

㉙提葫芦：鸟名，又称提壶鸟，其叫声也如"提葫芦"三个字音。

㉚沽(gū)：买酒。

㉛倾：这里说倒酒喝。

㉜百种：泛指许多种鸟。

㉝嘲哳(zhā)：嘲哳，细碎繁杂的声音。

㉞殊：异，不同。

㉟谗(chán)口：谗言，坏话。

㊱落此：被贬流落到这里。

㊲巧舌：花言巧语。

㊳山城：指滁州，作者《醉翁亭记》说："环滁皆山"，故称。

㊴把盏：捧着酒杯。

㊵恨：感到遗憾。

㊶聘婷(pìn tíng)：女子姣美的样子，这里代指能歌善舞的美女。

㊷辄：即，使。

㊸交：一作"友"。

④嫣(yān)然：笑的好看的样子。

⑤顾我：对我。

⑥惜光景：珍惜大好时光。

⑰惟恐：只怕。

⑱灵均：屈原的字。

⑲楚泽畔：楚国的水滨。

作于庆历六年(1046年)，时贬任滁州知州。

感物兴怀，细致委婉。中间大段写啼鸟，铺叙中有变化。语言平易自然而情韵流贯。

作者回京后又作一首《啼鸟》诗，其中有道："提葫芦，不用沽美酒。宫壶日日新泼醅，老病足以扶衰朽。百舌子，莫道泥滑滑。宫花正好愁雨来，暖日方催花乱发。"

末章云："可怜枕上五更听，不似滁州山里闻。"处境心境不同，故诗的意境也迥然不同。

花深叶暗耀朝日，日暖众鸟皆嘤鸣。

鸟言我岂解尔意，绵蛮但爱声可听：

南窗睡多春正美，百舌未晓催天明。

黄鹂颜色已可爱，舌端哑咤如娇婴。

作者简介

唐庚(1071年—1121年),字子西,眉州丹棱(今属四川)人。绍圣元年(1094年)进士,调任利州(今四川广元)司法参军、绵州(今四川绵阳)知州。徽宗时为宗子博士,宰相张商英荐其才,大观四年(1110年)为提举京畿常平。政和元年(1111年),张商英罢相,唐庚受牵连,贬置惠州(今属广东)。政和七年(1117年)遇赦复官,还京,提举上清太平宫。宣和三年,病卒于归蜀途中。

唐庚与苏轼是同乡,又都贬谪过惠州,加上他擅长诗文,对苏轼也较推崇,当时人便称他是"小东坡"(《文献通考》著录《唐子西集》引李壁语)。他作诗极注重锤炼推敲,讲求诗律,认为作诗要与人商讨,一字也等闲不得,在这方面要十二分的苛刻(《唐子西文录》)。他自称"作诗甚苦,悲吟累日,然后成篇。……明日取读,瑕疵百出,辄复悲吟累日,返复改正",如此读读改改,要好几遍(《自说》),可见其严肃认真之态度,与苏轼之视为文如快事迥然不同,而与"闭门觅句"的陈师道有些相近。《吴礼部诗话》说:"唐子西诗文皆精确,前辈谓其早及苏门,不在秦、晁下。"其诗成就,近体在古体之上。律诗尤工致精练。时有新颖的构想,虽锤炼刻苦,还能保持自然的神韵。

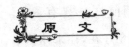

白　鹭

说与门前白鹭群，也须从此断知闻^①。

诸公^②有意除^③钩党^④，甲乙推求^⑤恐到君^⑥。

诗中鸟

①断知闻：断绝往来。知闻：了解，相如。引申指朋友。

②诸公：指朝中当政大臣。

③除：清除，打击。

④钩党：指相牵连的同党。

⑤甲乙推求：指一个个的转向推勘逐步追查。

⑥君：指白鹭。

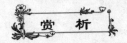

有感于受张商英案牵连而作。语意诙谐，笔锋犀利，不啻一篇讽刺
小品。

罗大经《鹤林玉露》甲编卷之四："唐子西立朝，赋梅花诗云：'桃花能红
李能白，春深无处无颜色。不意尚有数枝梅，可是东君苦留客。'向来开处
是严冬，桃李未在交游中。只今已是丈人行，勿与年少争春风。'执政者恶

其自尊，一斥不复。后以党祸谪罗浮，作诗云：'说与门前……，殊有意味。又云：'鹤归辽海悲人世，猿入巴山叫月明。唯有虫沙今好在，往来休傍水边行。'《抱朴子》云：周穆王南征，一军皆化，君子化为猿鹤，小人化为虫沙。诗意言君子或死或贬，唯小人得志，深畏其含水射影也。"

陈衍《宋诗精华录》卷三："末句可入《世说新语》。"

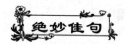

诸公有意除钩党，甲乙推求恐到君。

作者简介

　　周紫芝(1082年—1155年),字少隐,号"竹坡居士",宣城(今属安徽)人。早年热衷功名,但考试屡屡失利,生活惨淡。绍兴十二年(1142年)登进士第,时年六十一岁。历任枢密院编修官、兴国军知军。人格不足道,曾以诗取媚于秦桧。工词能诗,他曾向张耒、李之仪等请教过诗法,论诗多推崇苏轼、黄庭坚、陈师道等人,创作上远学白居易,近效苏轼,风格与同时张耒最近。其早年及南渡初期不少诗作反映国计民生,尤其是下层民众生活,颇值得注意。著有《太仓稊米集》七十卷,《竹坡词》三卷,《竹坡诗话》一卷。《全宋词》存词一百五十余首。词风清丽婉曲,字句凝练,多诗人句法。平实中寓以波澜,自然中时露爽气,沉着深厚不够。

鹧鸪天

一点残红①欲尽时，乍凉秋气满屏帏。

梧桐叶上三更雨，叶叶声声是别离。

调宝瑟，拨金猊②，那时同唱鹧鸪词③。

如今风雨西楼夜，不听清歌也泪垂。

①残红：指将熄灭的灯焰。

②拨金猊：指拨开炉灰，点燃熏香。金猊：狮形香炉。

③鹧鸪词：指爱情歌曲。

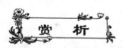

全诗写秋夜怀思恋人。上片写秋夜听雨。首两句从视觉、感觉写秋夜的寂寞凄清。"梧桐"二句从听觉上写凄清，末了点明"别离"，离愁别恨全融合于景物之中，不见一点痕迹。下片追怀欢聚之乐。弹琴，焚香，合唱情歌，何等温馨。结末两句再拽回思绪，又回到风雨凄凄的现实。昔与今,乐与哀反差强烈,更见情意深切。"不听"句呼应上片末句,更见抒情的婉曲与缠绵。

调宝瑟,拨金猊,那时同唱鹧鸪词。

129

五禽言①

婆饼焦②

云穰穰③,麦穗黄,婆饼欲焦新麦香。今年麦熟不敢尝,斗量车载倾囷仓④,化作三军⑤马上粮。

提壶卢⑥

提壶卢,树头劝酒声相呼,劝人沽⑦酒无处沽。

太岁⑧何年当在酉,敲门问浆还得酒。

田中禾穗处处黄,瓮头新绿⑨家家有。

布谷⑩

田中水涓涓,布谷催种田。

贼⑪今在邑⑫农在山。

但愿今年贼去早,春田处处无荒草。

农夫呼妇出山来,深种春秧答⑬飞鸟。

①五禽言:五首禽言诗,模仿五种鸟叫声写的诗。原五首,此选其一、

三、五。

②婆饼焦：鸟名，因其鸟名叫声如"婆饼焦"而得名。

③云穰穰：形容麦子成熟一望无际如云海翻动。

④囷仓：粮仓，囷为圆形的粮仓。

⑤三军：古代军队分为上、中、下三军，后泛指军队。

⑥提壶卢：鸟名。

⑦沽：买酒。

⑧太岁：古代文学中假设的星名，用以纪年。

⑨新绿：新酿成的酒。

⑩布谷：鸟名，叫声似"布谷"。

⑪贼：此处指强盗、土匪。

⑫邑：城市。

⑬答：报答，响应。

赏　析

钱钟书先生指出，"在中国古代文学作品里，'禽言'跟'鸟言'有点分别。""鸟言"是想象鸟叫是在说它们自己的语言，而"禽言"则是想象鸟叫是在说我们人类的方言土语，我们可以直接听出其语义。后世诗人"把禽鸟的叫声作为题材，模仿着叫声给鸟儿给一个有意义的名字，再从这个名字上引申生发，来抒写情感，就是'禽言'诗。"（《宋诗选注》）唐代元稹、白居易始有试作，宋代梅尧臣以来，文同、苏轼、黄庭坚、陆游、范成大、朱熹、刘克庄、方岳、姚勉等相继有作品传世。宋诗题材较唐有所推广,此即一例。周紫芝此五首,是其中写得较好的。

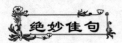

农夫呼妇出山来,深种春秧答飞鸟。

作者简介

　　陆游(1125年—1210年),字务观,号放翁,越州山阴(今浙江绍兴)人。祖父陆佃,从王安石学。父亲陆宰,官至京西路转运副使。绍兴二十四年(1154年),陆游应进士试,礼部定为第一,为秦桧所黜。绍兴二十四年(1154年),出仕任福州宁德县主簿等。宋孝宗即位,赐进士出身。孝宗隆兴元年(1163年),枢密使张浚任江南东西路都督,屯驻军马,领导北伐,陆游积极参与,任镇江府(今属江苏)通判。调任隆兴府(今江西南昌)、夔州(今重庆奉节)通判。乾道八年(1172年)进入四川宣抚使王炎军幕,参议军务。主张"经略中原必自长安始,取长安必自陇右始"(《宋史·陆游本传》)。这年三月至九月的半年间,往来南郑(今属陕西)与秦陇抗敌前线,曾亲历战没。淳熙二年(1175年),在四川制置使范成大幕中任参议官,与范成大诗酒唱和,颇为相投,言行不拘礼法,自号"放翁"。淳熙五年(1178年),奉诏回临安(今浙江杭州),提举(主持)福建常平茶盐公事,次年改提举江西茶盐。后曾任严州(治今浙江建德东)知州、礼部郎中等职。淳熙十六年(1189年),被人弹劾而罢职,罪名之一是"嘲咏风月"。故他曾说:"予十年间两坐斥,罪虽擢发莫数,而诗为首,谓之嘲咏风月。"于是退居故乡山阴,并以"风月"二字为小轩命名。既是发牢骚,也引以自豪。此后他长期居住在山阴。嘉泰二年(1202年),曾一度出山担任史官,但不久就失望而归。病逝于故乡,享年85岁。

文学常识丛书

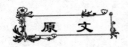

闻 雁

诗中鸟

过尽梅花把酒①稀,熏笼②香冷换春衣。
秦关③汉苑④无消息,又在江南⑤送雁归!

①把酒:持杯饮酒。

②熏笼:熏炉面罩的灯笼,冬天熏衣时炉中放些香料。

③秦关:此指秦雁门关,在今山西省代县西北。

④汉苑:指汉时长安上林苑,汉武帝曾在上林苑射雁,见《汉书·李广苏建》。诗为闻雁而作,雁门关,上林苑与雁都有关联。

⑤江南:宋时抚州属江南西路。

135

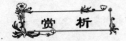

本诗于淳熙七年(1180)正月作于抚州提举江南西路常平茶盐公事任所,陆游时年五十六岁。诗中写闻雁北归而兴起的故国山河之感慨叹中原的未能收复,末句写得沉痛之极。

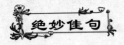

秦关汉苑无消息,又在江南送雁归!

作者简介

　　杨万里(1127年—1206年),字廷秀,号"诚斋野客",吉州吉水(今江西吉安)人。绍兴二十四年(1154年)进士,任赣州(今属江西)司户、永州零陵县(今湖南永州)丞。宋孝宗即位,因张浚荐,除临安府教授。乾道六年(1170年),上书《千虑策》为时相重视,推荐为国子博士。迁太常博士、太常丞、将作少监。淳熙元年(1174年)任漳州(今属福建)知州,改常州(今属江苏)知州。淳熙六年,提举广东常平茶盐,升广东提点刑狱。淳熙十一年(1184年)冬,召还临安,为吏部员外郎,迁秘书少监。淳熙十四年(1187年)高宗卒,因议张浚当配享庙祀,得罪宋孝宗,出筠州(今江西高安)知州。淳熙十六年(1189年),宋光宗受禅,复召为秘书监,为金国贺正旦使接伴使。不久出为江东转运副使,因事得罪宰相,调赣州(今属江西)知州,拒不赴任,请求还乡。退居十五年不出,卒于家,年八十,谥"文节"。

　　杨万里是南宋著名诗人,与陆游、范成大、尤袤合称"中兴四大诗人"。他的成就不如陆游,但在创新诗歌风格方面所做的努力则过之,所以他当时名声浪大,连陆游也说:"我不如诚斋,此评天下同。"(《谢王子林判院惠诗编》)严羽在《沧浪诗话》中把他的诗风命名为"杨诚斋体"(《沧浪诗话·诗体》)。

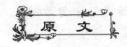

诗中鸟

寒 雀

百千寒雀下空庭,小集①梅梢话晚晴②。

特地③作团④喧⑤杀我,忽然惊散寂无声。

①集:群鸟栖止。

②话晚晴:群鸟在晚晴中啼鸣。

③特地:特意。

④作团:成群结伙,闹成一团。

⑤喧:喧闹。

137

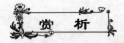

作于淳熙五年(1178 年),时作者在常州(今属江苏)知州任上。

在冬天的傍晚,许多麻雀飞到庭院,聚集在梅树梢上,在傍晚的阳光下快乐地交谈着。这成群的鸟儿闹成一团,唧唧喳喳,喧闹的叫声,吵极了,忽然一下似乎受到什么惊吓,飞散开去,院子里一下子寂静无声。一个"喧"字，一个"寂"字，逼真地写出了雀群忽来忽散的不同情景。

百千寒雀下空庭,小集梅梢话晚晴。

作者简介

辛弃疾（1140年—1207年），原字坦夫，后字幼安，号稼轩居士。济南历城（山东济南）人。出生时历城已陷金。绍兴三十一年（1161年），率众抗金，隶耿京，为掌书记。有雄才武略，胆气过人。次年率部渡淮南归。授承务郎，差签判江阴。历知滁州、提点江西刑狱、知潭州兼湖南安抚使，创置"飞虎军"。提点两浙西路刑狱时，以谏官王蔺论劾落职，寓居上饶十年。又起提点福建刑狱、出知福州兼福建安抚使，以谏官诬劾，落职，居铅山。复起知绍兴府兼浙东安抚使。开禧二年（1206年）又为谏官所诬落职。居铅山郁郁而卒。一生以恢复为志，以功业自许。工词，为豪放派爱国词人，风格沉郁顿挫，悲壮激烈，人称"词中之龙"，与苏轼并称"苏辛"。著有《稼轩长短句》，今人辑有《辛稼轩诗文抄存》。《全宋词》存词六百二十余首。邓广铭《稼轩词编年笺注》为传世善本。

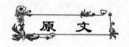

鹧鸪天

鹅湖^①归病起作

枕簟^②溪堂冷欲秋,断云依水晚来收。

红莲相倚浑如醉,白鸟无言定自愁。

书咄咄^③,且休休^④,一丘一壑也风流。

不知筋力衰多少,但觉新来懒上楼。

①鹅湖:在江西铅山县东有鹅湖山,山上有湖。晋人龚氏曾在此湖养鹅,故名。

②簟:竹席。

③书咄咄:指晋人殷浩被黜放,终日书空,作"咄咄怪事"字样。书,写。咄咄,表示惊怪、不平的感叹。

④休休:美好。表示追求美好闲适生活。

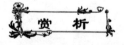

这首词写病后的生活和感受。上片写病休中所见盛夏景色。可起句一派秋凉,躺在水边阁楼的竹席上,清冷冷好似凉秋,片片的浮云顺水悠悠,黄昏的暮色将它们渐渐收敛。晚闲,有心如止水的况味。后二句红艳艳莲花互相依靠,简直像姑娘喝醉了酒,羽毛雪白的水鸟安闲静默,定然是独个儿在发愁。

下片写病后所感。先用殷浩和司空图两个典故，与其像殷浩朝天空书写"咄咄怪事"发泄怨气，倒不如像司空图寻觅美好的山林安闲自在去隐居，一座山丘，一条谷壑，也是风流潇洒多逸趣。

末二句"不知"一转，不知而今衰损了多少精力，只觉得近来上楼懒登梯，否定了前面的取舍。黄蓼云《蓼云词选》中评道："末二句放开写，不即不离尚含佳。"的确，似说病后虚弱的平常话，而实则写壮志成灰的悲愤和老却英雄的叹息，写得沉郁悲壮。

诗中鸟

红莲相倚浑如醉，白鸟无言定自愁。

书咄咄，且休休，一丘一壑也风流。